图说《闽都别记》（精选）

主编 赵麟斌 邱登辉

故事来源 《闽都别记》
撰文 邱登辉 赵麟斌
绘画 林已琳

海峡出版发行集团 | 福建教育出版社

图书在版编目（CIP）数据

图说《闽都别记》：精选/赵麟斌，邱登辉主编.
福州：福建教育出版社，2024.10. —ISBN 978-7-5758-0015-0

Ⅰ.I207.419

中国国家版本馆 CIP 数据核字第 2024LT3632 号

Tushuo《Mindu Bieji》（Jingxuan）

图说《闽都别记》（精选）

主编 赵麟斌 邱登辉

出版发行	福建教育出版社
	（福州市梦山路 27 号 邮编：350025 网址：www.fep.com.cn
	编辑部电话：0591-83726908
	发行部电话：0591-83721876 87115073 010-62024258）
出版人	江金辉
印刷	福州印团网印刷有限公司
	（福州市仓山区建新镇十字亭路 4 号）
开本	890 毫米×1240 毫米 1/20
印张	16.5
字数	270 千字
插页	2
版次	2024 年 10 月第 1 版 2024 年 10 月第 1 次印刷
书号	ISBN 978-7-5758-0015-0
定价	118.00 元

如发现本书印装质量问题，请向本社出版科（电话：0591-83726019）调换。

序

赵麟斌

我自幼生长在通往福州于山的白塔巷巷口。儿时,老宅紧依着榕城唯一的道教火神信仰遗址火帝庙,它的门前有一棵遮天蔽日的大榕树,那时经常会有民间文艺演出在此举行。记得小时候我会经常搬一张小凳子,津津有味地欣赏老艺人讲评话、唱闽剧、表演伬唱,如痴如醉,乐忘归家。从此,文学、艺术的种子播撒心间,以至影响了我日后人生的发展走向。我也因此在脑海里刻下了艺人们常常提及的《闽都别记》这部书。

直至1977年于福建师范大学中文系就学,我才有时间和条件借阅到这部书,遂猛然发现这是一部福建民间传奇的鸿篇巨制,一幅闽越民俗文化的悠长画卷。《闽都别记》全书401回,章回体,150余万言。两百多年来,它全景式地描述了福州地区的社会生活,记录了大量的神话传说、风尚掌故、生活习俗、俚语俗谚、方言歌谣、民间信仰和名胜古迹等,保存了许多珍贵的历史资料,堪称福州方言区民俗文化与民间文学的不朽瑰宝。它也是福建历史上篇幅最大的文学著作之一,丰富地展现了闽越地区独特多元的文学价值和文化内涵,故而盛行不衰,世代相传。

《闽都别记》的作者署名"里人何求",但其人终莫能详考,据传现世上留有六种版本,但该书的作者究竟是谁,抑或是一些文人集体编著而成,至今仍存疑。现在我们常见的是清光绪宣统年间福州南后街刻书家董执谊先生整理刻印的最早和最完整的版本。可以断定,《闽都别记》是在清代福州地区说书人根据福建历史故事,以及福州等地的民间传说、古籍野史、社会掌故以及人情风土等基础上加以综合演绎、编纂而成的一本传奇话本小说。这部书的内容十分庞杂,却充满了浓郁的乡土文化色彩,其间虽掺杂有正史、别史、野史、传说等各种内容,然从全书总体内容上看,其以福建古代历史为大背景的写法却是隐约可见的。自汉至唐、五代,历经宋、元、明、清各个朝代的一些重大历史事件,或多或少都成为其背景的衬托内容。《闽都别记》最大的特色,就是保留了丰富的闽中乃至福州各地的民风民俗和乡土文化。正因为如此,它也为广大百姓所喜爱与口口相传,保持着旺盛的生命力。

作为用福州方言写就的民间文学作品，要读懂弄通这部书，对许多读者来说似乎有一定的难度。即使是正宗的福州人等，如果疏于对桑梓方言的传承与理解，也依然有力不从心之感。有鉴于此，我与共为桑梓人，志同道合的福建师大校(系)友邱登辉先生和年轻有为的美术编辑林巳琳相商，遴选一些耳熟能详且符合社会公序良俗的章节，以连环画的形式，将《闽都别记》编著成册，以飨读者，也填补该书传统出版上的空白，尤其是让年轻的读者和广大的中小学生能窥斑见豹，了解与感受这部旷世奇书的文化魅力、社会影响和价值所在。亦如中外对传诵至今的《聊斋志异》的鉴赏一般，倘能达到如此效果与实现拳拳心愿，则不负我们努力的初衷和对传统文化的热爱与推崇。惟此，则幸甚至哉。

衷心感谢福建教育出版社成知辛编审对本书出版的大力支持与帮助。

是为序。

农历甲辰年夏 于福州己得斋

(作者系闽江学院原副校长、经济学博士、二级教授、博士生导师，享受国务院特殊津贴专家。联合国工贸发展组织授课专家、闽都文化研究会副会长、福州市民俗文化研究所所长)

目录

01 引子

02 《闽都别记》系列故事 №1
—— 榴花洞里青年男女的故事

10 《闽都别记》系列故事 №2
—— 花烛洞房之考:"夫"字三种写法

16 《闽都别记》系列故事 №3
—— 福州"做三旦"等酒宴上,为什么都没有鸭子做的菜?

24 《闽都别记》系列故事 №4
—— 为什么女孩子嫁不出去叫"压厝脊"?

30 《闽都别记》系列故事 №5
—— 你知道"风吹鸭蛋壳,财去人安乐"是什么意思?

36 《闽都别记》系列故事 №6
—— 乌石山风景区"出鬼"了

42 《闽都别记》系列故事 №7
—— 福州俗语"诈迷梦食烂羊蹄"的来历

48 《闽都别记》系列故事 №8
—— 福州俗语"面前有佛不去拜,枉去西天拜罗汉"

56 《闽都别记》系列故事 №9
—— 张冠李戴,一古代"刑警"差点命丧黄泉

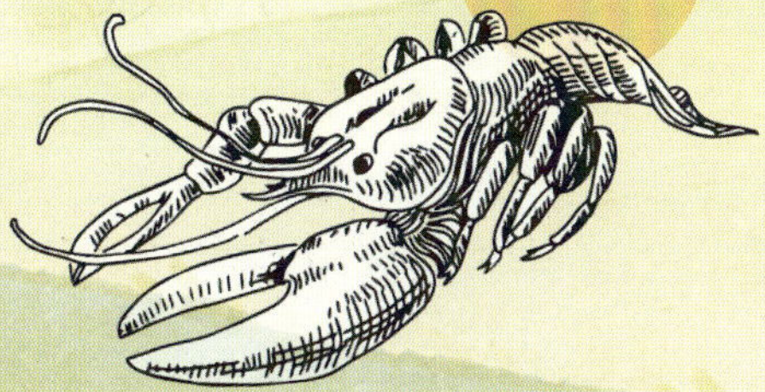

62 《闽都别记》系列故事 **№10**
——"骑竹马"与"侬仔撑船来接郎"

70 《闽都别记》系列故事 **№11**
——罗隐"皇帝嘴,乞丐身"

76 《闽都别记》系列故事 **№12**
——福州的白塔差点变成"比萨斜塔"

84 《闽都别记》系列故事 **№13**
——貌美如花的南海观音与登徒子

94 《闽都别记》系列故事 **№14**
——外地人到福州做官,赴任进城为什么不能走南门?

104 《闽都别记》系列故事 **№15**
——殉情者是伪造文书的杀人犯

112 《闽都别记》系列故事 **№16**
——"打死曲蹄婆,你毛我也毛"

122 《闽都别记》系列故事 **№17**
——临水宫"三十六婆奶"的来历

130 《闽都别记》系列故事 **№18**
——"缺哥望小姐"——一个兔唇人的爱情故事

138 《闽都别记》系列故事 №19
—— "福清哥"这种叫法,最早可见《闽都别记》

146 《闽都别记》系列故事 №20
—— 福州俗语"虎婆奶手上无仔给人抱"

154 《闽都别记》系列故事 №21
—— 白马河边有一座"一字救万民"雕像

162 《闽都别记》系列故事 №22
—— "郑唐烧火炮,除死无大灾"

170 《闽都别记》系列故事 №23
—— 鼓山和尚智斗南靖王耿继茂

178 《闽都别记》系列故事 №24
—— 诗曰:妾身非织女,夫婿岂牵牛

188 《闽都别记》系列故事 №25
—— 你见过"猪牳戴金耳坠"吗?

196 《闽都别记》系列故事 №26
—— "锅中煮的牛蹄变成了人脚"

204 《闽都别记》系列故事 №27
—— 千年猴精之丹霞大圣

212 《闽都别记》系列故事 №28
——福州谚语"是拆五帝庙,还是拆观音堂?"

222 《闽都别记》系列故事 №29
——"投魂蛤蟆来报仇"

232 《闽都别记》系列故事 №30
——"死人会放屁"是一句回魂吉言

240 《闽都别记》系列故事 №31
——福州俗语故事"拿宝不居财"

258 《闽都别记》系列故事 №32
——郑唐巧改对联,得银四百两

264 《闽都别记》系列故事 №33
——郑唐吟诗作对戏弄恶人权贵

272 《闽都别记》系列故事 №34
——郑唐——古代福州的阿凡提

288 《闽都别记》系列故事 №35
——"苍蝇一包也能卖二个铜钱"

300 《闽都别记》系列故事 №36
——沉东京浮福建

314 跋

引子

一部流传了两百多年的地方文学名著,记叙了一千多年来福州地区的各种故事,因其大量的方言、俚语、俗词,乃使不少读者阅读困难,疑惑众多。我们用画说的形式,将该书精华篇章选萃释要,奉献给广大读者和爱好者。

原著《闽都别记》作为福州地区民间文化的全景式文字画卷,描写了发生在福州以至福建其他地区的许多真实故事,颇有历史蕴味。董执谊先生曾言:"其书合于正史及别史记载者各十之三,野说居其四焉。"书中大量叙说了福州乡土故事,内容包罗万象,雅俗共赏。

那么,遴选编纂后的《画说〈闽都别记〉》又说了些什么故事呢?就要从"榴花洞里青年男女的故事"开始说起……

《闽都别记》系列故事 №1

榴花洞里青年男女的故事

《闽都别记》开头就写了一个重要的历史事件：唐末黄巢农民起义部队一路攻到了福州，百姓携老扶幼四处逃难。

榴花洞里青年男女的故事 ——《闽都别记》系列故事 №1

大难临头,此时世居九仙山(于山)的吴进士亦带全家人外出避难。吴进士有"一女名青娘,字小荷,年十七岁","青娘生得体态轻盈,眼如秋水,眉似春山;更兼性格聪明,自幼喜弄笔墨诗书,尤精易数,又好谈笑;父母爱之如珠,人尽羡其才貌佳人"。

《闽都别记》系列故事 №1 —— 榴花洞里青年男女的故事

在一次与众人一起的逃窜狂跑中,吴进士一家人被冲散了。吴青娘迷路,实在走不动了,"恰好有一石岩,二块开一谷,只容一人侧身",青娘"大着胆再塞入内,一看别有天地。只见亭榭俱全,花木参差,又有房舍。曲径中多是榴花,风来摇动,花片乱落,胜似桃源"。

她发现洞门口有一片大石,此乃天然机关,可开可关。而且"榴花中有实下垂可摘,即折下一颗在手,觉芳香无比。即去其皮,入口甜如糖蜜。青娘大喜,以此充饥"。她不知道这就是传说中消逝已久的榴花洞,便就此住下了。

榴花洞里青年男女的故事 ——《闽都别记》系列故事 №1

一日醒来,吴青娘见月明如昼,便悄悄出去探望,结果大吃一惊:原来黄巢手下一贼将军帐就搭在她藏身的石洞前。她心惊胆颤,方欲转身,忽闻树旁有人叫唤之声,只见树上绑着一位青年,贼人却一个也没有,便问道:"何人,因何缚此?"此人说贼人都抢劫去了,求她救命。青娘用刀将绳子割断,放他下来。原来这位青年就是乌石山处士周朴的儿子,叫周启文,年方二九,饱读诗书,气宇不凡。本来青娘觉得男女同处一处不方便,又怕他再次被抓,只好拉着他一起到洞里。

这一对孤男寡女在榴花洞里做了什么?这一段故事可以详见《闽都别记》第四回"榴花洞佳人救才子,乌石山隐士藐贼军"。

在互通了姓名和住处后,方知原来父辈是故交。青娘看启文是个书呆子,就摘了一颗石榴给他充饥,启文狼吞虎咽地吃完了。青娘又说要和他对诗,对得上来再去摘榴同食。

于是同是博学多才的两个高手第一次对决了,一对优秀的对子产生了:

青娘:"既有石(实)榴(留)何须桃(逃)"
启文:"若无橄(敢)榄(揽)焉得藕(偶)"

这对子表面写的都是水果,但用它们的谐音来表示另外的意思,的确很巧妙。青娘:"既有石(实)榴(留)何须桃(逃)",意思是我既然已实实在在留你了,这份爱已摆在你面前了,你何必逃避呢?这时她隐晦地表达了爱意。

启文也在青娘启发下,大胆示爱,"若无橄(敢)榄(揽)焉得藕(偶)",也表达自己对这份爱的决心与勇气。意思是我如果不敢接受,不敢把这份爱揽在自己身边,是无法得到理想的伴侣。这时他也坚定地表达了爱情。

有人可能说,不对呀,书上写这时青娘听了很生气,启文一再解释这个"藕"是藕断丝连的"藕",不是喜结良缘、佳偶天成的"偶",青娘才原谅他,又摘了石榴给启文吃。其实,这正如最近网络上说的,女人一辈子要撒四万八千次谎,经常撒的谎是:"不要!"青娘是话中有话。

榴花洞里青年男女的故事 ——《闽都别记》系列故事 No1

7

《闽都别记》系列故事 №1 —— 榴花洞里青年男女的故事

接下来十天时间里,这对"喜弄笔墨诗书"的男女青年,一唱一和,吟诗作赋行酒令,情意绵绵。为了今后关系能有机会进一步正常发展,他们还结成兄妹!最后兵灾结束,出洞后他俩终成眷属了。

榴花洞里青年男女的故事 ——《闽都别记》系列故事 №1

有民俗专家曾经说过:这是全书中三大爱情故事(另为"缺哥望小姐"和"荔枝换绛桃")中的一篇,环境特、情节奇、文字美,可谓民间文学的典范。我们真佩服说故事编书者独具的匠心,在另有天地的山洞里,这对青年男女逍遥自在,十天十夜石榴充饥,以酒解闷,夜则分宿。还以诗代言,表达出各自的心声,有倾慕,有爱意,又不苟且轻薄,好一副浪漫的爱情模式!在经济和社会不断发展和变化的当下,回味古人的生活和恋爱方式,真是让我们"别有一番滋味在心头"。

朋友们,榴花洞在何处?一千年前的吴青娘诗中提到的"知心作伴好还乡"的回家路,这一路地名现在都在呀。

即从后屿穿前屿,
便下上洋向半洋(泮)。

历经百年岁月,世代的闽都人总希望有朝一日,也像长乐人发现显应宫那样找到榴花洞,因为那是比世外桃源、蓬莱仙境更值得向往的地方。

《闽都别记》系列故事 №2

花烛洞房之考："夫"字三种写法

大家一定知道苏轼的妹妹苏小妹"三难新郎"的故事吧？苏小妹是当时出了名的才女。洞房花烛之夜，苏小妹有心试试新郎秦少游的才华，便命丫鬟将他锁在门外，让他对对联："东厢房，西厢房，旧房新人入洞房，终生伴郎。"秦少游被苏小妹的深情打动，脱口而出："南求学，北求学，小学大试授太学，方娶新娘。"这样，一对新人才入洞房成美事。

在《闽都别记》第六回中，也有这样的故事，叫"吴青娘遂奇缘考辨'夫'字"。

话说周启文、吴青娘这两个男女青年走出榴花洞后，自然水到渠成，喜结良缘。书中说那天"鼓乐喧腾，花烛烂漫。启文、青娘双双出厅拜堂，饮了合卺。至暮客散，盖招上门无闹房。初更，伴房妈便辞出，洞房门关"。

周启文以为自己才华横溢，先挑战新婚老婆吴青娘，想不到吴青娘文思敏捷，一阵反制，他狼狈败阵，差一点洞房花烛之夜"上不了床"。

启文曰："有一对句贴切妹妹身，请对之。"即云：

"感青娘，有心即为情。"（青娘的青，加竖心旁为情）

青娘对之曰："美玉章，无点不如玉。"（周启文字玉章）

青娘既对就了，谓曰："小妹亦有一对句，亦来请教，何如？"

青娘看房中桌上排古铜炉一座，炉中插点安息香十余条，上悬挂大琉光（长明灯）一个，光亮。触景出此对云："琉光之下数条香，众星捧月。"

《闽都别记》系列故事 №2——花烛洞房之考:"夫"字三种写法

启文听此对句,搜索枯肠,竟对不出,只是房前走到房后。

这时青娘的弟弟发现这情况,马上报告青娘的母亲林安人,说姐夫"在房中车车转,跑来跑去"。林安人赶紧来解围。谁知启文不服输,答曰:"岳母大人先请安歇。此对小婿总要对就才罢。"林安人曰:"转瞬天明,若不完卷怎处?"启文曰:"房考不比院考,继之以旦无妨。"

林安人等得无聊,将大镜面上镜帕揭起,脸对镜里照。忽然触景得句,不敢言出,惟双目示意女婿,口向镜里呵气。启文觉悟,叫道:"有了,有了。"念云:"宝镜之中一口气,寸雾障天。"林安人赞之曰:"好奇才,真妙绝!房考既毕,监试出闱矣。"遂出房而去。

琉光之下数条香,众星捧月
宝镜之中一口气,寸雾障天

花烛洞房之考:"夫"字三种写法——《闽都别记》系列故事 №2

　　按理这是好对子,上下两句平仄相反,句型相同,结构一致。启文可以就此上床就寝,但青娘仍不依不饶,继续纠缠。

　　青娘曰:"夫有几等,是何等夫耶?"启文曰:"是愚夫。"青娘曰:"愚者卤也,卤夫应在夫头店听候抬轿上岭,敢在人家内室么?"启文曰:"怎么比那等抬轿之小夫耶?"青娘:"不是小夫,是大夫耶?便是大夫,亦该在朝堂伺主,半夜在人闺房何事?"

　　接着青娘还句句紧逼:"请问大夫之夫,抬夫之夫,夫妻之夫,三个'夫'字在何处辨别哩?若辨得清楚,今夜即是夫妻之夫,可上床同枕;若辨不清楚,不是夫妻,或大夫,或抬夫,赶赶请出,待逐不雅。"

《闽都别记》系列故事 №2 —— 花烛洞房之考："夫"字三种写法

启文听了,好气又好笑。自思:"诸家字典都看过,三个'夫'字,音同义异,横画并无异样,竟将此来考难于人。"又思:"这女极作怪,必另有讲究,是我学问不及,不可强辨。"便曰:"这房考官好厉害也,知之为知之,不知真不知也,不敢混辨,求宗师大人恕之。"青娘笑:"真不知,就不是奴夫,快些请出。"

启文急了,无奈长跪:"望娘子饶恕,学生才疏学浅,窥豹未周。从今以后,愿拜门墙。"青娘含笑牵之曰:"肯愿为门徒便罢,自此勿再无礼。"于是解带宽衣,同入牙床作鸳鸯之梦矣。春宵一刻千金,不觉金鸡三唱。

天既明矣,同下牙床,启文再问三夫字辨。青娘:"欲问一个字,先持七天斋。"

最后,岳父大人出来解围,青娘只好说出这大夫、脚夫、夫妻三个"夫"字的辨别:那大夫乃士人也,其"夫"字上画长下画短。那脚夫乃土人也,其"夫"字上画短下画长。那夫妻乃二人也,其"夫"字上下画一样长。三个"夫"字,岂无异?

她父亲听了,呵呵大笑,曰:"谁知道我家中出一女仓颉呀。"

花烛洞房之考:"夫"字三种写法——《闽都别记》系列故事 No2

喜结良缘 Forever LOVE

　　可以想见,中华传统文化博大精深。现在年轻夫妇能一起高雅地吟诗作对,戏谑斗趣的几乎没有了,这样生活的品味与情趣显然是今不如昔!时代在前进,社会在发展,祖宗遗留的文化瑰宝也在不断地丢失。我们不妨试想:当今洞房之夜,新婚夫妇若要在电脑上比试一番"王者荣耀",才能解带宽衣,同入牙床,作鸳鸯之梦,也不乏为一种新潮乐事。但是,我们真希望文化、文明之光世代相传,永远闪耀!

《闽都别记》系列故事 №3

福州"做三旦"等酒宴上，为什么都没有鸭子做的菜？

鸭霸

大家有没有注意到一个现象：如果我们参加福州传统家庭的孩子"做三旦""做满月"，或者"做周岁"的宴会，不管宴席奢俭如何，一律都没有用鸭子这种食材做的菜肴！这是什么原因呢？我们在《闽都别记》第八十二回《陈夫人祈雨捉蛇首，长坑鬼抱恨害妇胎》中陈靖姑的故事里就能找到答案。

福州"做三旦"等酒宴上,为什么都没有鸭子做的菜?——《闽都别记》系列故事 №3

话说陈夫人陈靖姑当时在闾山学法,诸法皆传授,惟不学扶胎救产之法。当她离开闾山,"至出法门,行了二十四步回顾师父,其师父即知之,嘱其再学救产扶胎保赤之法,夫人又不肯学,师父无奈其何,惟嘱其二十四岁须隐迹,不可动法器"。

今值二十四岁了,谁知天数难逃。

时闽王永和二年四五月间,天旱,田苗焦槁。道官陈守元等求雨,愈祈愈无。闽王怒甚,令:"五日内再祈无雨,设柴塔焚死诸道士。"

陈守元求堂妹陈夫人前去代祷,救众道士之命。夫人以师命本年不可动法器念经辞之。守元再三哀恳,情实难却,无奈从之。随至福州,夫人独至大桥白龙江布洋坪作法。布洋坪在何处?据说布洋坪就在仓山区龙潭角,位于闽江畔南台岛望北台岭下。现那里仍有陈靖姑祈雨处古迹。

《闽都别记》系列故事 No3 —— 福州"做三旦"等酒宴上,为什么都没有鸭子做的菜?

陈靖姑

龙潭角

据《八闽通志》卷四载:"闽江中有一潭,潭有龙潜其中,凡岁旱,祷无不应。"相传临水夫人陈靖姑为解万民之疾苦曾在此祈雨。

那时,陈夫人"缘身怀三月胎孕,将胎存于母家桶楦下,方落洋坪。左手执龙角,右手执宝剑,渡片席于江中,舞剑吹角,步斗行罡,念真言召动功曹。表达天庭,立时浓云密布,大降甘霖。夫人不避风雨,犹在江中舞蹈不辍"。

但是不幸的事情发生了！宿敌长坑鬼"闻夫人来祈雨，有胎寄母家榿桶下，又在江中做法事，遂同蛇首潜入下渡陈家，盗胎与蛇食之，仍至江中伏于水底侦害夫人（'侦'，福州话读为'鼎'，伺机而动之意）"。

"夫人祈降甘霖已足，忽腹中胎毁血崩，不胜疼痛。洋坪将沉。看见蛇首在水底拖坠，夫人知被暗算，奈神散体软，听之拖坠。忽天上降鸭三只，衔洋坪席浮起，夫人已坠入水复浮。"

《闽都别记》系列故事 №3 ——福州"做三旦"等酒宴上,为什么都没有鸭子做的菜?

据民间传说,这段故事是这样描述的:陈靖姑站立在祈雨的草席上,眼看就要被汹涌的恶浪打沉。在这万分危急的时刻,师父许真君派出四位仙童变成四只鸭姆,各衔住草席的一角,一路护送陈靖姑漂流到闽江下游的沙洲上岸。后来这个沙洲便被人叫做"鸭姆洲"。

《闽都别记》第八十六回中另有一种说法:陈靖姑"一领芦席浮渡江心祈雨,蛇鬼衔席坠沉,天降三鸭衔起三角。一角因蛇鬼扯坠,仍沉不起"。陈靖姑"遂反捉拿鬼蛇不返,遗席于江中,洪流不能动,化为一小浮洲,如席一角沉水之形。因鸭衔化而为洲,故名鸭姆洲"。拂如氏《鸭姆洲》诗曰:昔年祷雨席还留,化作台江鸭姆洲。

不管怎样,鸭姆对陈靖姑来说,有救命之恩。与这个故事相关的雕塑、图画、戏剧、表演都重点强调这一点。

福州"做三旦"等酒宴上，为什么都没有鸭子做的菜？——《闽都别记》系列故事 №3

陈靖姑"因堕胎落水，风寒侵入脏腹，未学救产之术，不能自救。割骨还父，割肉还母，只将指血咬出，弹送归还南海观音，遂坐蛇头而羽化"。

夫人虽羽化，灵魂不昧如生，先去闾山见师。真人讶曰："自取耶，不学救产，二十四岁又不能禁避，悔之迟矣。"夫人始悟前出山门行二十四步回头顾师，不学救产，二十四岁必有此危，不能自救，今悔已迟了。夫人"即求师再学救产扶胎之法。真人又传授精熟"，以后"凡有人间胎产，远近呼之必到拯救"。这样天帝以陈靖姑为临水夫人，闽王闻知因祈雨致命，加封"崇福昭惠临水夫人"。所以，凡祭临水娘，诸物皆用，惟鸭不用，因鸭有衔席之德故也。

《闽都别记》系列故事 No3 —— 福州"做三旦"等酒宴上,为什么都没有鸭子做的菜?

　　陈靖姑祈雨救灾、舍己为民的精神感动了世人,于是人们集资在龙潭角祈雨处对面的山上建起了一座陈靖姑祈雨寺。寺庙按宫殿园林模式建造。寺中塑立着一尊由台湾信徒捐献的临水夫人陈靖姑祈雨法像,法像用花岗岩雕刻而成,高8米,重现了当年临水夫人祈雨景象。法像旁边有一座与陈靖姑身世相关的百花桥,传说中世上所有的人都是由陈靖姑从百花桥接引到人间的,所有想生男孩的人家就在百花桥上请一朵白花回家,想生女孩的就请一朵红花回家,称为"乞花"。

福州"做三旦"等酒宴上,为什么都没有鸭子做的菜? ——《闽都别记》系列故事 №3

临水夫人陈靖姑的信仰影响波及国内外华人社区,信众数逾亿人。特别是她为拯救百姓而献出年轻的生命,身后被尊为"护产保赤"之神,是保佑妇婴平安的女神,受到了无数女性信众的敬奉。

同时人们也感恩鸭子在陈靖姑遇难时,能衔席救护,所以在举行民俗活动时,祭祀用的供品,孩子"做三旦""做满月"或者"做周岁"时的酒宴上都是用鸡不用鸭。另有妇女坐月子时也只吃鸡和鸡蛋,不吃鸭和鸭蛋,世代流传。

2008年,临水夫人陈靖姑信俗被列入第二批国家级非物质文化遗产名录。面朝山下风景秀丽的闽江,金碧辉煌的陈靖姑祈雨寺是陈靖姑信仰的朝拜圣地,现在福州市人民政府又将这一处所修缮扩大,呈现崭新风貌,供民众朝拜、旅游观光。

《闽都别记》系列故事 №4

为什么女孩子嫁不出去叫"压厝脊"？

牛虮

为什么福州把"诸娘仔"嫁不出去叫"压厝脊"？还有福州人讽刺那些结婚找对象时挑来捡去，好像要求很高，结果却找了一个最差的，叫"拣拣拣，拣个没尾犬"。

这两个俗语故事就发生在《闽都别记》第三十五回和第三十六回。

书上说，古代永福县有一古庙，看庙的人姓吴，有女儿叫瑚玑。她从小就长得非常难看：头尖腹大，肌肤黑如火炭，人见之皆笑曰："不是瑚玑，倒似牛虮。"因此人人皆呼之牛虮。牛虮就是"牛虻叮"，样子像苍蝇，附在牛身上刺吸血液。

为什么女孩子嫁不出去叫"压厝脊"？——《闽都别记》系列故事 №4

牛虮长大以后，越长越丑，大腹凸头，深目露齿，仰鼻大口、少发，皮肤黑漆如墨，人望之皆惊而走。大家都说：就是倒贴银钱，亦无人敢娶她。

到了三十岁了，其父常骂："既无人要，长留家中何用？再待做大水时推入水中，与流去便干净。"牛虮答曰："怎的无所用，现在庙脊顶'他那'（厝脊上放置的土烧镇邪动物雕饰），被风吹去，通乡尚未补做。今与女儿上去坐脊顶，代替他那便有用了，何必待水来流去耶？"她父亲曰："你面孔与他那无异，要压厝屋脊，由汝去压。不与水流去，与风吹去也是一样。"看样子，她父亲心肝"丫煞"。

于是牛虮取梯爬上脊顶坐下。她人本黑甚，身穿黑衣裤，远望之与土烧的"他那"无异。牛虮上去，自说曝要曝干了，才有人要，又说有金鼓花轿到门，方下来上轿去；无金鼓花轿永不下来。众闻大笑。果然牛虮风雨日都受得，惟大风雨略避。自此朝食早饭上去，直坐至黑下来食夜饭而睡，以后日日皆如此。

牛虬长时间坐屋脊顶，父母又常骂曰："坐到几时？事都不做，饭食从何以来也？"牛虬闻骂，心不自安，乃思一事。叫父母买麻苎竹竿，白天去屋脊顶搓线，夜在房中削竹，无师自通做罟获（竹子做的捕虾的工具）卖。这样"有银钱贴父母作伙食，不至坐着食"。牛虬压屋脊，远处皆不知；今有罟获出卖，远处人皆来买。不过一望牛虬在屋脊，真惊人，望见皆惊恐而走。过去近乡数处出鬼，或白日现形，或暮夜迷人；自从牛虬上屋顶，各处鬼怪尽行退避逃无踪。因此有人画牛虬之形像，贴家中避邪退鬼。

这时有一事发生,福州大药铺有一老板叫徐得兴,因前妻出轨后自杀,现在正准备续弦,但是左挑右捡,都不中意。听到牛虮故事,看到她的画像,徐老板觉得十分满意,要备"二百金去聘",还说"只要人聘得,妆奁一毫不要"。众人听了十分好笑,说:"鬼都惊走,你敢娶之?"这真是"拣拣拣,拣个没尾犬"。意思是徐老板最后挑个最差的,这种人非愚则癫。

但是徐得兴老板坚定地说:"女之美亦不过外貌可观,见其德亦难。此丑女丑极,亦算才德兼全。比别个女子才貌双全者,故好百倍。"他赞扬牛虮"在屋上不怕风雨,勇也。日夜造作而养父母,孝也。代作他那不怠,信也。未曾经师传授,自作心裁做捕虾罟获,智也。能代人家驱邪退鬼,仁也"。

这样勇、孝、信、智、仁，五德齐全啊，在徐得兴老板强烈要求下，第二天赶紧派人去永福说媒。

牛虮父母对这门婚事当然喜出望外，欢喜得快疯了。但牛虮仍有自己个性与原则，"屋虽陋，怎肯贱卖？"她提出三个条件，是娶她底线，否则不嫁。

一、"有二百金财礼许之"。

二、要与本人见面，"如貌不佳亦不成"。众人笑曰："人不嫌汝，汝还要嫌人。"牛虮坚持不松口，还说："看看才无后悔，成不成罢了。"

三、"六礼要全，三财可免，须塑一他那形像来补缺，始得娶去。"意思是让徐老板到瓦窑中定制个厝脊上辟邪陶兽给补上。

为什么女孩子嫁不出去叫"压唇脊"？——《闽都别记》系列故事 №4

大药铺老板徐得兴一听说牛虮肯嫁，就喜不自禁地把以上一切准备就绪。"乡人讶甚：此等丑女，有都城大药铺户来娶为正妻，奇之至也。"

到了"是日吉期，金鼓花轿同接新人，甚是闹热"。"牛虮妆束上轿，迎至福州城内药铺后大屋中，与得兴完毕花烛。果然贤慧，夫妻相敬，姻娌和好。自此家大兴发。牛虮连生数子，皆人品端庄，后皆发科发甲，瓜瓞不断。"

这就是"牛虮压唇脊"和"拣拣拣，拣个没尾犬"两句福州话俗语的来历。

《闽都别记》系列故事 №5

你知道"风吹鸭蛋壳，财去人安乐"是什么意思？

福州俗语有这么一句话："风吹鸭蛋壳，财去人安乐。"它多半用来安慰损失钱财的人，表达"破财益命"的意思。但大多数人不知道这句福州话的来历。

它乃是出自《闽都别记》第四十二回"受重赃监生和父子，代赔银闽王得龙驹"中。坊间还有类似的故事。先介绍其他说法，一般都将鸭蛋壳改成鸡蛋壳。

这句话最早出自明代的《增广贤文》，曰："严父出孝子，慈母多败儿。枪打出头鸟，刀砍地头蛇。风吹鸡蛋壳，财去人安乐。"

这句话上下句表面上没有什么逻辑关系，然而古人根据什么事实，提炼出颇有哲理的句子而流传千古呢？

你知道"风吹鸭蛋壳,财去人安乐"是什么意思? ——《闽都别记》系列故事 №5

第一种解释说,因为鸡蛋一碎,蛋清和蛋黄就没有了,只剩下蛋壳。风再大吹蛋壳也不怕,不会损失什么。它比喻财产掉失光了,从此以后就不会再遇到诸如因财务纠纷等而引起的麻烦事了。

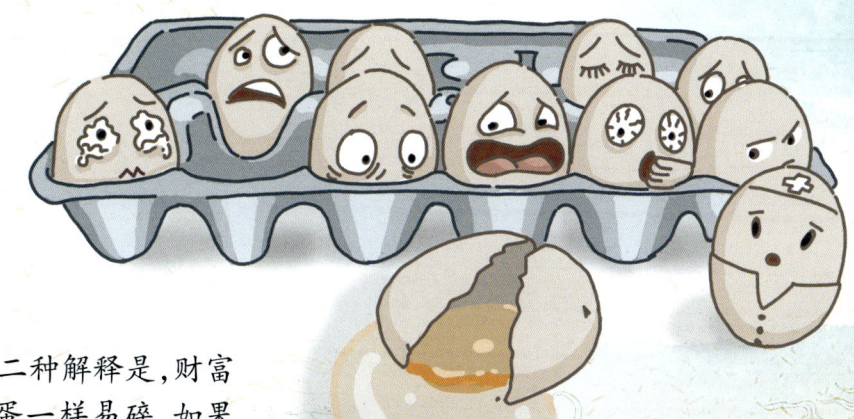

第二种解释是,财富就像鸡蛋一样易碎,如果人对财富没有患得患失的话,心境自然就会快乐。也有的说前一句作用就是为了后一句的押韵,两句根本没有关系。

第三种解释来自广东方言区的故事。说古代有一个很穷的人,一次出门坐船,因为路上得花三个月时间,他为了省钱,就只带了一个咸蛋配饭。咸蛋,广东话叫灰卵。过了好几天,这咸蛋还没有吃完。有一天,他正在吃咸蛋,突然有一阵风吹过来,把他的咸蛋给吹到水里,他觉得很可惜,就说道:"风吹灰卵壳,财去人安乐。"但试想想看,就因为蛋壳还有一点点残余味道,也能称为"财"吗?

以上说法好像都没有什么说服力。

你知道"风吹鸭蛋壳,财去人安乐"是什么意思? ——《闽都别记》系列故事 №5

　　再有周星驰主演的《唐伯虎点秋香》里面也有类似这么一句话。祝枝山因赌博输光家产,祈求唐伯虎给他画三十幅画来抵赌债,唐伯虎就以所谓"风吹鸡蛋壳,财去人安乐"来调侃他。应该说,唐伯虎说这句话是有道理的,它与赌博有关。

《闽都别记》系列故事 №5 —— 你知道"风吹鸭蛋壳,财去人安乐"是什么意思?

你知道"风吹鸭蛋壳,财去人安乐"是什么意思? ——《闽都别记》系列故事 №5

《闽都别记》记载此事,原文如下:"童家有十数万家财,父在外乱为,无所不至。家产付子掌管,所有财银听其使用,稍不如意便将告不孝。二次都与数十两,伊将银夹碎,分贮鸭蛋壳中。每日取二个装一绸袋内,挂在腰间两旁,出至赌场去赌。一入赌场中,便头眩目暗,做猪任人去宰。至二蛋壳之银空了,方出赌场,将空壳抛去与风吹去,共笑曰:'风吹鸭蛋壳,财破心安乐。'日日如是。"

　　这才是真正的"风吹鸭蛋壳"的故事。这典型的直白话,是中国人对赌博,尤其是输钱人的一种安慰性说辞。输钱的赌徒说的颇有哲理的话,用意就是为了让输钱的自己心情好受点,把钱花掉没有了负担,人还轻松很多。这是典型的阿Q自我解脱的作派。

《闽都别记》系列故事 №6

乌石山风景区"出鬼"了

　　福州乌石山自古就很出名,《闽都别记》中许多故事都在这里发生。有一次,乌石山现一件怪事,它"出鬼"了。山下人讲:山上有奇异之事,"有时山缝流出脓血,有时岩隙糁(粉末状)落骨粉,有时闻嬉笑之声,有时听呼号之惨,有时人夹死于岩石,有时气如烟雾,不知是何妖怪"。陈靖姑知道后,就前去降魔灭妖。这故事记载在《闽都别记》第二十五回中。

"靖姑遂寄宿山下人家,改妆作男子,夜来于山前山后闲步歌咏。那夜,月白风清,正在岩畔徘徊,忽闻笑语之声,遂上前。见二青衣女子携手而来",靖姑问曰:"良宵美景不可辜负,来游玩。能到贵府一观光否?"

她"随二女上山,至凌霄台畔。见其门窦甚狭而扁,须低头入之"。"靖姑即密施秘术,先把洞门撑住,使之阖不下。"

《闽都别记》系列故事 №6 —— 乌石山风景区"出鬼"了

"二女各持一灯至,靖姑令同伸手来扶。各伸一手,却被靖姑把手同拿住,使拔山之法力施出。二女见来势不好,便喝:'合门!'门不得合。脱身遁入,靖姑两手只拿二块石头。即拔剑发起神光,随入追之。谁知洞内犹有洞,弯弯曲曲透出城外豹头山,知是石头成精。于宿猿洞调出丹霞,令变为石匠,左手持铁錾,右手持铁锤,有岩怪异者,便凿打之。"

"至薛老峰前,有双石并连,似有人形,凿之有血出。遂令尽力再凿。忽双石化为两女,各执短斧。靖姑将剑一指,二女跌倒,仍化为两石,丹霞照势打下,火星迸出。靖姑令加草柴,举火来焚,两石复变为女,跪在面前乞饶。愿改邪归正,收为奴婢差遣。"

二女曰:"奴姐妹原属一体,被雷震作两片。遂感两仪之气,钟三山之灵,受日月精华,化为二女,诱人以色,夹食其血。亦思弃邪归正,无门堪投。今遇仙师,情愿作为奴婢。"

三人"同至凌霄台下,见洞内有几十人干如扁鸭。靖姑问之:'既化为人,即是同类。将活跳跳的人拿来作榨脯,于心何忍耶?'二女垂头曰:'知罪,知罪'。靖姑调遣五丁,将洞门尽行填塞。收退撑门之法,洞门即合,不能再开"。

接着靖姑率石氏二女诱捕,智灭宿敌挨拔鬼。

《闽都别记》系列故事 No6——乌石山风景区"出鬼"了

挨拔鬼"刚钻入谷口,即被两旁之岩石夹住不能脱走。原来那座岩石乃靖姑预先变化"。"二女把住两旁。伺鬼半进,化石将伊夹住"。

"二女之石本来厉害,再加靖姑传授正法,更了不得矣。鬼头露出,浑身之将扁,叫喊鬼声不绝。"靖姑笑曰:"挨拔鬼,今日亦遇石夹奶了。有法术,何不显出走去?"鬼曰:"求快些放松,斫剥都由汝,独此夹罪难受。"

靖姑吩咐二女,"那石即刻分开,将鬼落地,伊手脚共身已扁","遂将挨拔鬼之头斫下,将鬼尸斫粉碎,放火焚化"。

乌石山风景区"出鬼"了——《闽都别记》系列故事 No6

　　石夹鬼能改邪归正，又立新功，人们不计前嫌，热情地接纳她们。《闽都别记》上说，"今乌石山石天之西，有'石夹庙'；内奉石氏二夫人，乡人称作'石夹奶'。即昔之二姐妹修真处也。"

　　《闽都别记》中许多妖怪都能放下屠刀，改过自新，真是"善莫大焉"。福州人对这些能改邪归正的坏人，慈悲为怀，不仅不放弃，还给出路，对于戴罪立功，做出贡献的还建庙祀之，如为吃人的母老虎江山育建"虎婆宫"，为好色淫猴丹霞建"丹霞宫"。如今我们虽然找不到已湮没的"石夹庙"，但这一段故事也表现了自古以来福州人民能化敌为友，不对立，不嫌弃，胸怀宽广。这不正是体现了历史上福州早就有这样"海纳百川，有容乃大"城市精神的沉淀吗？！

《闽都别记》系列故事 №7

福州俗语"诈迷梦食烂羊蹄"的来历

福州有一俗语"诈迷梦食烂羊蹄",典出于《闽都别记》中第三十一回。这是一出"因搬屋致成错乱姻缘"的奇葩故事。

福州俗语"诈迷梦食烂羊蹄"的来历 ——《闽都别记》系列故事 №7

唐朝有一罗源人叫俞百均,他在罗源溪东租屋娶亲,老婆是连江人,叫刘交娘。因与他人合伙在建州开药店,蜜月还没度完,俞百均就匆忙离家了。过有月余,他的外甥尚杰从连江来罗源,探望俞百均舅舅,得知他去建州了。看到此处租房临街,混杂不便,得知溪西有一间清静房屋要卖,价亦不高,便赶去洽谈。不过此屋已租与人,其人亦是租此屋娶亲,他叫徐得兴,娶了老婆刘九娘,也是连江人。婚后他也离家去建宁县作郎中。

因为俞百均溪东租的房与这家徐得兴溪西租的房子的厝主,都是同一个人,于是合计两家换住。两家家具都差不多,也都是新置的,就决定彼此借用,等两家男人回来再行搬换。就这样溪东、溪西二妇各带自己被帐、衣服、皮箱等,交换了住房,两人也未见面。

《闽都别记》系列故事 No7 —— 福州俗语"诈迷梦食烂羊蹄"的来历

又月余,俞百均之伙计自建州来福州置货,俞百均托他寄银物与妻。伙计只认溪东临街之屋,进门叫道:"弟妇,俞百均弟有东西寄来,可出来我亲自交给你。"俞百均与徐得兴,福州话快读时音差不多,所以溪西搬来的刘九娘,听其丈夫银物寄来,喜甚。出接纹银三十两,布被一床,藤枕一个。

这时,徐得兴亦也托伙计寄银三十两,一床被面与妻。其伙计亦不知房屋已对换住,只认溪西之屋。刘交娘遂出接收,并回寄自作绣花瓶口袋一个。彼此两家银物都寄错,但皆不知矣。

福州俗语"诈迷梦食烂羊蹄"的来历——《闽都别记》系列故事 №7

直至半年后,这场张冠李戴的喜剧形成高潮。

俞百均自建州回来,至罗源溪东已昏暮,认定敲门。内问是谁,答曰:"俞百均先生由建州回来。"九娘大喜,开了门,进房时已点灯。俞百均相妇之面颇异,将退出。九娘笑曰:"已做一月夫妻,怎的还不认得?人不认得,这被面枕头可是先生买的?"俞百均点点头,看了自己置办的家具。又问一句:"还有寄三十两银收到了吗?"九娘答:"已收到。"俞百均便不疑,于是灭烛登床,相亲相爱矣。

这时建宁的徐得兴亦不前不后回来,也只认溪西住屋,便敲门,内问:"是谁?"外答:"徐得兴由建宁回家。"交娘亦喜,出开门。点火时候,得兴牵交娘手进房,交娘看有可疑,便退走。得兴拉住手曰:"亲丈夫都不认得,你可是连江刘九娘么?"交娘答:"是。"又问:"既是,便是我徐得兴之妻。绣花瓶口袋是汝寄去不是?"交娘因见瓶口袋是亲手作的,就不敢再疑。因为九娘与交娘,徐得兴与俞百均,音读快些很相同。大家都不怀疑了。于是他们重行夫妇之礼,两相亲爱。

《闽都别记》系列故事 No.7 —— 福州俗语"诈迷梦食烂羊蹄"的来历

这喜剧继续上演十余天,但总有"穿帮"的时候。

一天,被隔壁老婆婆看出问题。她认出徐得兴,他的老婆是刘九娘,已搬去溪东,然何又来此,冒认新搬来的刘交娘作妻呢?正要查问,被得兴看见,先问曰:"何人?"交娘曰:"隔壁婆婆,平常多承他照应。"得兴立起身曰:"难为婆婆,以后另外再答谢你。"随将桌上一大碗羊蹄捧给她,说:"今此碗烂羊蹄先捧去食。"

福州俗语"诈迷梦食烂羊蹄"的来历——《闽都别记》系列故事 No 7

在一碗烂羊蹄面前,老太婆想,"若查问,出破诈人妻子,此碗大荤味毛食(没得吃),不如装作不知。"遂将羊蹄接过,道谢捧去了。自此无过二日,非羊蹄即猪蹄,食的好快乐,不来讲破。

于是,以这位假装糊涂的老太婆为主角的福州谚语"诈迷梦食烂羊蹄"由此产生了!一般用于讽刺某些人为了达到一己私利,故意装糊涂,迷惑对方,来达到隐瞒事情真相目的!

有人说,这故事实在太奇葩,有人居然把老婆认错,还上床!这些人物的姓名、籍贯、事件竟如此相似,才产生了如此的机缘巧合!世界之大,无奇不有,故有了"无巧不成书"的种种传说!

《闽都别记》系列故事 №8

福州俗语"面前有佛不去拜，枉去西天拜罗汉"

48

福州俗语"面前有佛不去拜,柱去西天拜罗汉"——《闽都别记》系列故事 №8

福州有一句俗语:"面前有佛不去拜,柱去西天拜罗汉。"一般是用来讽刺那些求人办事的时候,不懂利用自己身边简单、有效的资源,却不明事理,舍近求远,到远方寻求帮助等行为。

其实这句话原来是要表达"奉亲即是奉佛"的意思,出自《闽都别记》第三七一回和第三七二回中广东人李年华的故事。

《闽都别记》系列故事 №8 —— 福州俗语"面前有佛不去拜,枉去西天拜罗汉"

李年华长期在外地当差,家里除了妻儿,还有一个曾经开纱帽店的年迈老父亲,但他好几年都没有回家探望了。

李年华是非常虔诚的佛教徒,醉心于四处找寻活佛。有一天,他求教于鼓山和尚,下跪曰:"求大师指示弟子去何处寻,弟子即去。若寻不着,弟子终身不返。"和尚曰:"汝不须别去,可回家,活佛早已到君家等君回去矣。"

于是和尚念曰:

诚心访佛不须嗟,活佛已先在汝家。
一脚木屐一脚赤,棕披肩上即袈裟。
陡然一见即会悟,相逢会见泪交加。
自家有佛不归奉,枉到西天拜释迦。

福州俗语"面前有佛不去拜,枉去西天拜罗汉"——《闽都别记》系列故事 №8

　　李年华于是"收拾行李,搭乡亲船,不数日抵广东合浦县","上岸只包袱自背,一直到自己家中。径入内宅,寂静无人,房门关锁"。走入最后一进屋子,他发现有一人好像就是和尚说的活佛,"发秃须白乱,身穿破衣极褴褛,一脚木屐一脚赤,破棕堆叠两肩",正在那里舂米。

　　年华扭锁推门进内,近前一看,此人并非活佛,乃自己之父,形如饿鬼,不胜悲痛。那老翁一见其子回,便抱着号哭,许久各收泪。年华问怎到如此地步?其父哭曰:"自吾儿去后,媳妇不贤,不与我外出。问其缘故,她说现在换朝代,凡有开纱帽店者,尽拿去砍头。遂将我关锁在此碓房内,日送两顿稀粥,衣破无换无补。她说汝一去无音信,银钱从何而来?""她每日取一斗米,要我舂白,如舂不白,二顿粥都不与我食。我无奈,只得日舂斗米。"

《闽都别记》系列故事 №8 —— 福州俗语"面前有佛不去拜,枉去西天拜罗汉"

年华打开媳妇的房门,"进房内看,床上被叠三四床,枕头四五个,桌上鸦片盘、烟盒、孔明灯等件。打开箱笼,绸缎纱罗、女衣首饰无数,白银尚有四五大包。去厨房看,食余鸡鱼排满厨房内"。

原来他媳妇把他每年寄回的二百余两银两统统收去,与三个富豪子弟同居,食鸦片,过着奢侈淫逸的生活。

"世间有此等不孝妇,把公公如此磨灭,罪不容诛。"年华把她痛打一顿,捆绑起来,"要同押去送官"。

福州俗语"面前有佛不去拜，枉去西天拜罗汉"——《闽都别记》系列故事 №8

此事正闹着，忽有一人，不僧不道，不知从何而来，立在面前，谓年华曰："君以此不孝独推媳妇身上，半点与君无干过（关系）么？"

"父母在，不远游，君以信任之，不以父为念。有银寄回，交与非亲生外姓之媳，并不知媳妇孝与不孝。回信去亦不看是否父之笔迹，不察明白。"

"君无半点念父。君执意寻活佛，终身从之为徒，不顾老父之养。因君重佛不重父，故鼓山和尚以父作佛念偈。今汝回来只一心寻佛，并不问父，君乃大不孝之人。今将不孝全卸于妻身上。"

《闽都别记》系列故事 №8 —— 福州俗语"面前有佛不去拜,枉去西天拜罗汉"

年华被此一怔,口呆目睁,半晌无言。惟问君是何人,高姓大名?

答曰:"名户月豆,号页示申,住君宅上。"年华要再问,忽而不见。诸人都在厅上,共见那人语毕,越年华肩上而没。年华惊异之甚。

"众各进来将名号猜详。户月乃肩字,豆页乃头字,示申乃神字,明明排着'肩头神'三字。原来人所为之事,别人不知,自己肩头神知之,前来证明。"

年华拍额曰:"知罪知罪,不较了。"遂将妻解缚送回母家,因悟鼓山和尚偈语中,有"自家有佛不归奉,枉到西天拜释迦"之语,即将梵经佛像尽行烧毁。家中之佛堂,改为奉亲堂,朝夕奉父。

"此乃年华只知一心奉佛,不思其父",鼓山和尚"拨醒之,始知奉亲即是奉佛"。"今之人竟事神佛,不以父母为事,犹将鬼神供奉在家,奉养双亲都不讲究。未能事人,焉能事鬼?圣人早言矣!俗语有'面前有佛不去拜,枉去西天拜罗汉',此之谓也。"

现在我们常把是否孝敬父母作为考量一个人的人品的重要标准。据说国内某一名牌公司在晋升员工时,都先去他家里,了解其对父母孝敬的程度。他们认为:如果这个人对生养他的父母都没有一点感恩之心加以善待,那对培养他成长的公司也不会心怀感激之情而努力工作报效公司。可想而知,晋升这样的人是否有用?不仅如此,官场、学场以至社会方方面面之人等,都可以此为镜,以此为鉴。

《闽都别记》系列故事 №9

张冠李戴，
——古代"刑警"差点命丧黄泉

成语"张冠李戴"是出自明代《留青日札》书中"张公帽掇在李公头上"。这比喻名实不符或误此为彼，而弄错了对象。但在《闽都别记》第四十五回"张杉帽戴李试头上，远飏犯投捕官网中"的故事里，就没有这么简单，因为这一小小戴帽举动，差点让一个叫李试的解差（相当于现在押送犯人的刑警），命丧黄泉。

张冠李戴,一古代"刑警"差点命丧黄泉——《闽都别记》系列故事 №9

龙溪县(现在龙海市)有一个解差叫李试,他押送凶犯张杉至福州审决。张杉犯有命案。去年他到别人园中偷蔗,被主人遇着,向夺其蔗,张杉起一脚踢中园主的阴囊,即刻致命,以盗拒捕殴死事主立决等申。

这个解差李试信佛,长年吃素,心慈手软,"不忍正犯张杉披枷戴锁沿途吃苦,尽将刑具解脱与松动,惟头上犯帽不脱,为之标记"。

"行离泉州三日,路上皆驯,无一点疑异。"投宿泉州饭店,谁知半夜张杉侦人酣睡,将标名之犯帽戴在李试头上,自己戴上李试的差帽,并将详文塞存李试怀内,包囊尽被盗去跑走。

第二天上午,因为李试戴着犯帽,大家认定李试是犯人,跑走不见的是解差,把他扭送官府。官府竟然也判决犯人李试死刑斩首。

张冠李戴,一古代"刑警"差点命丧黄泉——《闽都别记》系列故事 №9

有冤情?!

闽王

这显然是天大的冤假错案,李试临刑时仰首向天叹曰:"苍天,苍天,汝的两眼安在也?"时天晴霁,忽然云腾雷震,顷刻雨电交加。闽王异甚,以此案必有冤枉,即令松绑,"刻即雷收雨歇,太阳当空"。闽王不再问讯,将犯人并原详案由,令发解去罗源,委刘巡检细加研讯。

最终,刘巡检在夫人陈靖姑协助下将凶犯张杉缉拿到案了,"刑警"李试在鬼门关有惊无险地走了一趟,回来了。

《闽都别记》中的确有些故事情节荒诞不经,这"张冠李戴",就是其中的一个。不过这种"认帽不认人"的思维逻辑,到现在变成"认证不认人"了。就像一部电视剧曾上演过这样的情节:一位农民工坐火车返乡,他拖着小儿麻痹症瘸脚,一瘸一拐通过检票处时,被检查员拦下,因为他没有残疾证,不能享受残疾人的待遇。结果被人所怼:没有男人证就不能证明是男人吗?没有人证就不能证明是人吗?

大家知道,去年在社会上议论得沸沸扬扬的"怎么证明我妈是我妈",这依旧是"认帽不认人"的思维在作怪。

看来,历史确有惊人的相似之处。

无证

张冠李戴,一古代"刑警"差点命丧黄泉——《闽都别记》系列故事 №9

《闽都别记》系列故事 №10 "骑竹马"与"侬仔撑船来接郎"

许多人都知道福州传统的童谣《月光光》：

月光光，照池塘。
骑竹马，过洪塘。
洪塘水深不能渡，
娘子撑船来接郎。
问郎长，问郎短，
问郎此去何时返。

读这一版本的《月光光》，有一个"疑惑"和一个"纠结"。"疑惑"是"骑竹马"，因为"骑竹马"下一句是"过洪塘"，于是有人说这竹马是"以竹当马"，它是竹排。实际上，这说法比较牵强附会，因为当地人从来没有把竹排当作水上交通工具啊！如果是竹排，何不直接写撑竹排？

"骑竹马"与"侬仔撑船来接郎"——《闽都别记》系列故事 №10

李白在《长干行》"郎骑竹马来,绕床弄青梅"中写的竹马,是用一根竹竿当马,夹放在两腿中间,前端用手把牢,指挥着它奔跑或停止。骑竹马游戏在唐代极为普遍。"骑竹马"是点出这位要过河的小哥哥的身份,他是撑船姑娘小时候"两小无嫌猜"的玩伴,是"卡溜帮"!这句童谣是表明当年"骑竹马"的小哥哥来啦,要过洪塘江。

《闽都别记》系列故事 №10——"骑竹马"与"侬仔撑船来接郎"

　　一个"纠结"就是第四句唱到的"娘子撑船来接郎",明显的是来"接郎",为何到最后一句又问"问郎此去何时返"呢?因为这两句,人们常常纠结于这个"娘子"到底是"接郎"还是"送郎"。

　　其实,以上版本是民间口口相传的,有文字记载的目前发现只有两处:较早的是在清代乾嘉时期的《闽都别记》第七回。它仅四句,并没有后面的"问郎长,问郎短,问郎此去何时返",因为后文的确是造成了前后矛盾。为了证实这说法,董执谊先生的后裔提供了1927年董执谊《闽都别记》石印本的誊印本影页,确实没有后面两句。

"骑竹马"与"侬仔撑船来接郎"——《闽都别记》系列故事 №10

榕城考古略
竹间十日话
竹间续话

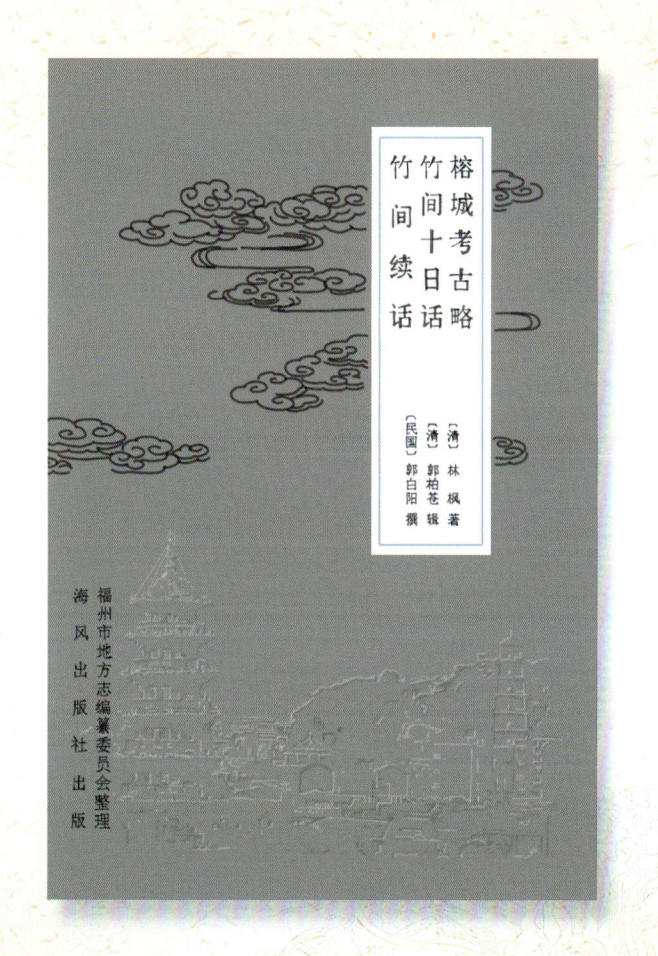

（清）林枫 著
（清）郭柏苍 辑
（民国）郭白阳 撰

福州市地方志编纂委员会整理
海风出版社出版

　　许多人在评论这首童谣时，特别喜欢引用清朝道光时期郭柏苍《竹间十日话》中的评价。郭柏苍评价时所引用的这首童谣也没有后面两句话啊！

　　《闽都别记》是这样记载："常衮京兆人，唐德宗时，以前宰相出为福建观察使。闽人未知文学，衮设乡校，亲临讲课。闽人一字不识，难以开导，作俗谣云'月光光，照池塘，骑竹马，过洪塘。洪塘水深难得过，侬仔撑船来接郎'数句，以土音教之，歌既能唱，随写'月光光'等字教之识。如识一字，即以一金钱与之。由是闽人渐渐识字知学。"

《闽都别记》系列故事 №10——"骑竹马"与"侬仔撑船来接郎"

按《闽都别记》的记载:撑船是"侬仔"啊,也不是"娘子",这就消除了撑船的是爱闲扯,包打听,上了年纪的"渡娘"的可能。什么是"侬仔"呢? 给该书做校注的陈泽平先生指出,"侬仔"是小女子、姑娘,就是我们平常福州话说的"小侬仔",指没有结婚的小女孩子。

可见,这首童谣仅仅是常衮为目不识丁的百姓所写的识字读本,并不是他借景抒情的诗歌。《月光光》中"洪塘水深没得过"一句,就描述了当时福州洪塘一带的地貌特征。因为常衮的初衷是为了提高闽地人民的文化水平,这些通俗易读、富于趣味性的歌谣,很能激发人们读书认字的兴趣。

童谣《月光光》也不是我们福州地区独有。在我国南方各方言区，如客家、赣、湘、吴等，都流传着童谣《月光光》，都是以"月光光"起兴，后面内容各异。基本是七言体，有点近似旧体歌行体的套路。《月光光》节奏恒定，押韵，亦可换韵，不拘节数和行数，内容可以随时、随性更新和新编。但不论怎么变，以"月光光"起兴是不变的。其好处就在这里："月光光"不变，月光所及之处就可以随机应变。照厅堂、照莲塘、照高墙、照厢房，由起兴句的"光"往后押韵，涉及的内容深且广。例如，我们耳熟能详的另一首《月光光》：

月光光，照厅中，
做人媳妇好心酸，
家人吃饭有肥肉，
我吃的是清饭番薯汤；
月光光，照墙头，
做人媳妇眼泪流，
一家大小都睡了，
我还要用力洗灶头。

因此，根据《闽都别记》的版本，福州传统童谣《月光光》可作如下的解读：

月光皎洁的晚上，在洪塘有一位男孩要过江，但这里水太深他没有办法啊，正当他踌躇犹豫的时候，来了一位姑娘。她曾是男孩小时候的玩伴，闻讯撑船赶来，接他过河。少男少女，情窦初开，月光夜渡，简单数笔勾勒出美丽的情景。此时无声胜有声，含情脉脉，这里何必画蛇添足，饶舌地问长问短。凭空增加的两句情话，破坏了意境，还把人搞糊涂了：到底是接郎还是送郎？

总之，《月光光》是非常好的儿童早期启蒙教材。该歌谣纯真透明，有民间朴素之美，而且琅琅上口。在我们的童年时期，街头巷尾，经常可以听到大人教孩子们传唱这些流传的歌谣。可惜如今的很多孩子不仅说不好福州话，更不用说可以流利地吟唱许多老祖宗流传下来的民谣与童谣了，这才是最大的遗憾啊！

《闽都别记》系列故事 №11

罗隐"皇帝嘴，乞丐身"

许多福州人都听过一句话：罗隐"皇帝嘴，乞丐身"。罗隐的故事就在《闽都别记》第五十回和第五十一回中。

唐末，风水师发现临安罗家之子罗隐，"此子颜容骨格更迥异非凡，又是开浙之王者"。罗家闻之喜不胜言。其母暴氏，本悍恶，再闻风水师"说其子将来为王，悍之愈甚"。

有一次，她骂乡邻曰："因暂时贫穷，不在汝们眼上，都来欺负。待我子做皇帝，先把通乡尽行屠戮，乡人无遗类。"谁知所骂之语却被三尸神奏报天曹：暴氏待子为王，欲屠戮乡人无遗类。

罗隐"皇帝嘴，乞丐身"——《闽都别记》系列故事 №11

又有一次，暴氏又骂乡人曰："待我仔做皇帝，将石舂臼凿底做枷，枷死汝。"此语又被三尸神奏报天曹：暴氏待子为王，欲将石臼为枷，非刑枷死乡人。

还有一次，暴氏在厨房，从水中捞取一副箸（筷子）将洗，因这时与人相骂，将箸向灶上敲三下，骂曰："待我仔做皇帝，把你来风吹磨墩。"即被灶君听见，直奏天曹："暴氏之子尚未为王，先将本灶神责打三十红棍。"红棍是官府大堂上责打罪犯的棍子。此处将红漆筷子比成红棍。

《闽都别记》系列故事 №11 —— 罗隐"皇帝嘴,乞丐身"

人说祸从口出。"天帝连闻奏报罗隐之母皆横逆之甚,怒,令三尸神将罗隐之贵骨换为贱骨。三尸神即把乞食之身去换帝王之体。是日罗隐在家中,霎时叫浑身疼痛。暴氏曰:'必是我仔贪凉冒风,致身疼痛。可将牙关紧闭,忍之莫出声;待我去煎姜汤与汝吃,把风寒表出,便不痛矣。'罗隐遂咬定牙关,忍痛不出声,等吃姜汤。"

罗隐"皇帝嘴,乞丐身"——《闽都别记》系列故事 №11

"谁知暴氏在厨房与邻妇盘嘴,无闲去煎汤。"至天黑了才捧出姜汤,罗隐喝之。"原来罗隐浑身疼痛时,乃三尸神来捵身,体贵皆捵贱,惟口因牙关咬紧,不致与换。身虽乞丐,口犹帝王之口也。"

世传罗隐"乞丐身,皇帝嘴",即此云尔。

罗隐长大后成为乞丐，还自得其乐。《闽都别记》中这样描写："日游时，两脚踏翻尘世界，一身历尽海天荒；夜歇时，饭囊布地邀明月，檀板临风唱哩啰（小曲）"；"或振衣千仞岗，或濯足万里流，任吾所好"。

罗隐是乞丐身，但他是皇帝嘴，讲了许多让世人难忘的"金句"。

一、"龙船鼻没转弯"

以前新造龙船，龙船鼻皆是用一片长木板，用火熨弯。那日罗隐至乡村，见众工匠在新造龙船，便向他们要酒喝，工匠不肯。罗隐就说："龙船鼻没转弯。"从此以后，工匠举火熨龙船鼻，"讵熨来熨去不得弯，如重拗之，便折为两断。又另做木板换上，再来弯，又不能弯，又断为两截。众工匠又做三昼夜不歇，板折断，换了七八次，不得成功。"只好用木头来雕刻，所以福州自此以后做龙船鼻都是木头雕的。

二、"从大死至细，父不见子亡"

有人家盖屋上梁，罗隐遂大喝曰："竖扇连上梁，丁口甚旺强。从大死至细，父不见子亡。"屋主以为呆话打之，罗隐抱头跑去，回头喝曰："就大亦见小亡，乱死便是矣！"屋主过后思之，原是好话，因打之后又说，才是呆话，悔之无及。后果由少先死，老后死，壮丁皆无，只遗老迈鳏寡，致于绝嗣矣！

三、"蚊虫蚊虫，六月尽去咬稍撒，七月回来咬主侬"

罗隐至罗源，夜宿古庙。时值炎夏，有人乘凉聚谈，皆认得罗隐。因个个被蚊虫钻刺难堪，大家买酒、饼请罗隐吃，叫他把蚊虫驱逐去。罗隐认为稍撒（田中新割完剩下稻头）其味香甚，蚊虫堪吃之。至七月，田中稍撒翻犁平种晚稻，始回来咬主侬。所以他就说"蚊虫蚊虫，六月尽去咬稍撒，七月回来咬主侬"。时正夏六月，惟闻此一喝，只见那蚊虫结队向户外飞去，庙中无剩半个。

语言是人类交流的重要工具。古代人说"谨言慎行"，谨言是第一重要的。罗隐"乞丐身，皇帝嘴"虽是神话故事，但也给了我们许多启示。其中重要的一条就是《增广贤文》所说："良言一句三冬暖，恶语伤人六月寒"。

《闽都别记》系列故事 №12

福州的白塔差点变成"比萨斜塔"

福州的白塔,亦称定光塔,它矗立在于山西麓,巍峨挺拔,与乌山乌塔遥遥相对,是福州非常著名的景点!殊不知当年建造时,它命运多舛,差点变成"比萨斜塔"。此事在《闽都别记》第十二回、第十三回中均有记载。

福州的白塔差点变成"比萨斜塔"——《闽都别记》系列故事 No.12

白塔是闽王王审知为其父母祈福而建。开挖塔基的第一天,突有一孩童,只有八九岁,头挽小纽,身披合符褡(无袖上衣),向前曰:"司务,择错了位处。快开过上丈余亦可,下丈余亦可,独此不可。"主管黄泰与众人都不信,把小孩赶走了!

起先工程进展十分顺利,书上说"兴建佛刹浮屠,自四月初旬起工,至六月末旬将次完竣"。"浮屠七层,耸插云汉,叠以巨石,内架以树木,十竣八九"。

《闽都别记》系列故事 №12 —— 福州的白塔差点变成"比萨斜塔"

修得塔正，酬之千金。

快跑！

不久，出现问题了，"适夏将尽，秋雨缠绵，工程多歇。俄而新造塔渐见南欹，层层用巨木顶牮，不能正之分毫，末旬日歪斜愈甚。主管黄泰早已惊走"。工正"欲拆去再造，限期已迫，如不拆去，无法可施。眼见倾颓，进退两难"。

福州的白塔差点变成"比萨斜塔"——《闽都别记》系列故事 №12

于是他们求吴安人卜一卦。曰："此卦占得'谦之益'。山存地下为谦，塔基下必有岩石矣。谦者亏也，亏甚则歇。"并说："可写招帖贴于四城，上写有人修得塔正，酬之千金。重赏之下必有勇夫，无庸再议。"

三日过，有一道人，头戴荷叶冠，身穿大袖道袍，三绺薄须，手执棕拂，来到公馆。道人曰："贫道乃方丈山人，在北关外昇山。"

方丈道人四向上下看了一遭，曰："此塔病在先天胎息之内，不在后天筋骨之间。人力调剂虽精，须仗天力方能成全功矣。"他对工正说："古言大厦将倾，一木难支，况七级浮屠如泰山将倒？纵使女皇再世，斩截鳌足，只可撑之不倒，安能搬之以正?今日幸喜天公垂意，贫道与老爷有缘，得效微劳，以成人之美矣！"

方丈道人还说："木料一些不用，人工亦不用多。即于厂内抽二十名，十人开掘，十人挑土，又拨十六人打石，八人上下轮换。今即动手。"方丈道人指划北向塔基下，下令将塔下的土挖开。

《闽都别记》系列故事 №12 ——福州的白塔差点变成"比萨斜塔"

　　半边先开,皆原填之地基;左右起尽,还是本山黄土。再起三尺余,现出半边大岩石来。方丈道人笑曰:"病源寻着了。七级若山之势,半边坐岩,半边坐土。土虚石实,怎不偏之症耶?"随令土工去安歇,着十六个打石匠轮替直打。至夜,上下燃炬,随打随起出石块。

　　那岩周围有二丈余,至次日辰刻方打尽。其塔只有一半坐地,大半悬空,又欹又斜,人人心惊,个个胆寒。方丈道人自下去细看了一遭,随令将石块运下,逐层叠砌至塔座平。天又暮了,令将顶华之木架尽行拆去。方丈道人调度清楚,对启文曰:"病本既清,病末未愈。贫道去请华师(矫正倾斜建筑的工匠)来,尽今夜全功。"启文曰:"用了晚膳遣人同去。"方丈道人曰:"去即就来。"遂不敢再留。

福州的白塔差点变成"比萨斜塔"——《闽都别记》系列故事 No.12

想不到,"等至更静,道人犹未见来,备了晚膳等候。正猜度间,忽闻一声迅雷,风雨骤至。风如箭急,雨若倾盆,山摇地动,地覆天翻,乃飓风之回南(风向转南)也"。有人说:"屋漏偏逢连夜雨,行船又遇对头风。方丈道人只识地骨,哪知天心。如知天心,今夜有此狂猛风雨,该再加顶架,先保其末,后理其本。缘何顾本不顾末,将顶架尽除,恐倾之不速耶?"

"那厂内诸工匠,厂瓦都被狂风刮漏,一夜俱不得睡,皆疑歪塔必倒。或曰:'既知今夜塔必倒,我们还不趁早走开,在此等压死耶?'众答曰:'厂在塔北。塔歪在南向,就倒怎压得我们,你呆子晓得什么?'那个回言:'我呆你乖,请问你们乖,今夜什么风?'众闻问什么风,皆吓一跳曰:'不好了,是南风。真真要快走!'"

《闽都别记》系列故事 №12 —— 福州的白塔差点变成"比萨斜塔"

有一大胆的人戴了斗笠,开门冒着风雨看了,进来喜曰:"塔还未歪过来,可不用走了。"有一老成的匠人讶曰:"这岂不是道人去召风雷来施鬼斧神工,把这座塔炼正了。快去报与公馆内知之。"

大家齐至公馆敲门报喜。只见"塔如玉笋空中现,直耸云霄不倚斜",工正将手加额大叫曰:"奇哉道人,妙哉道人,遣五丁未有此疾迅也。"即登七级观看,并无一些损坏。正直如原建,毫无偏歪,喜之欲狂。

福州的白塔差点变成"比萨斜塔"——《闽都别记》系列故事 №12

工正去昇山答谢方丈道人。不见人影,上至山巅,有一石台。台旁有一小茅庵,并无人居。内惟一尊泥塑的道者,荷叶巾,阔袖袍,傍一仙童,头梳丫髻,身背褡,叉手赤脚。三人一见,便大惊异,那泥塑道者,即是昨日正塔之方丈道人。又看座前之神主牌,上书"大仙任讳放之神位"。始悟"方丈山人"合着乃"放仙"二字,必此仙下降无疑矣。三人便倾身下拜。仔细再看那旁立的仙童,又骇然曰:"此仙童岂不是当日定塔基时与黄泰争论的孩童耶?"众人叹曰:"在在有仙人不识,徒劳海外访蓬瀛。"

白塔仍在眼前耸立,有两点感触于心间涌现:一是古代的"中国速度"令人瞠目结舌:一座40多米高,砖木结构的七层宝塔,竟能在三个多月建成(自四月初旬起工,至六月末旬将次完竣)。二是中国传统占卜术博大精深,何时出国到意大利给比萨斜塔占一卦,省得它歪头歪脖的碍人眼?据悉,中国人的建筑大师确也在为此塔把脉扶正。

《闽都别记》系列故事 №13

貌美如花的南海观音与登徒子

"茉莉花茶喷喷香,人家讲话福州腔"。"色诱"是许多妖魔鬼怪作案的重要手段,在《闽都别记》中有许多章节描写这方面的内容,什么"七女鬼孟浪戏后生","恋空色书生遭鬼厄","蛇精好美色鬼代掳"等等。还有,年轻貌美的旗山虎婆女引诱男人上床,然后在睡觉中把他吃掉;两位乌山的石夹女为了私欲,还引诱几十名男人,糟蹋他们"干如扁鸭"。

貌美如花的南海观音与登徒子——《闽都别记》系列故事 №13

不过大慈大悲的观世音菩萨没有这样肮脏龌龊的目的，她貌美如花，能让这些色迷心窍的人慷慨解囊，做了公益事业。这在《闽都别记》第二十一回、二十二回中有记载。

话说唐闽王欲在泉州建造洛阳桥，但由于各方面原因造成资金不足，不能了其善愿。这时救苦救难的观音菩萨，决定出手相助。

"大士遂摘下一片莲花,几枝竹丫,同土地驾云至洛阳江上。将莲花化作彩船,竹丫变作竹篙船舵。大士化为绝色美女,胜于西子王嫱,容貌动人。土地变一个老翁,头戴竹笠,身穿渔衣,立在船后把舵。大士立于船头。"菩萨通知负责造桥的宋忠:"闻爷造桥无银,特至江心舍身相助。叫往来王孙公子,不论贤愚,任其金银抛掷。有掷着他身上者,情愿配他为妻为妾。所有掷空之银,以助老爷造桥。"于是宋忠"遂大张告示,仰四方军民人等知悉""这事一传十,十传百,处处皆闻,以为奇事。即有王孙公子、贪花好色之徒,各带零碎金银,半属游戏,呼群结队而来,皆争先对船洒掷。"

貌美如花的南海观音与登徒子 ——《闽都别记》系列故事 №13

"人人把银洒掷如飞雪随风,梨花乱舞;将近美人,即坠于围船之内,或落水中不计其数。爱色之子弟,望美人之颜色真可倾城倾国,魂魄皆迷;平日爱财如命,当此时不知不觉将银拼命掷去如尘土,只望得中美人。""谁知美人稳坐船头不动。所掷之银,皆由左右或头边飞过,而衣襟亦未曾沾着一下。"

"讵知近邻村有一王小二,卖菜回来经过。见人众掷银如雨,争夺美人,十分热闹,亦跟人豪兴来掷。因银少不敢向前,携数分于掌,从人缝伸出手掷去,恰好落于美人头上。"

《闽都别记》系列故事 №13——貌美如花的南海观音与登徒子

"王小二大喜,正去报知宋忠承造官,去领此美人;忽起一阵大风,将彩船打翻,沉去水底。王小二眼见人船俱无,恨不能言,自思:'碎银已掷尽,幸而能中美人。现已到手,岂知被狂风所害,人连银皆空,要命何用?'气极无所发泄,亦投江而死。"

当日官役拾银至百万,接续运回,工程大振。又驱退潮汐,稳定基址,不日遂成三百六十余丈之长虹矣。

那么为什么只有王小二会掷中呢？

因为当时观世音菩萨发现九霄之外吕洞宾来了,"知此仙好胜,必化银来洒;遂与王小二掷中,俾众愿而散,亦借风隐遁"。果然"洞宾将所化之银尽取出,向空而洒。被大士手中尘拂一拂,起一阵清风,将所洒之银化为白尘,倒吹回头"。这时吕洞宾"头上左鬓半茎青发却被银尘粘住,脱巾再拂不去,青变为白"。他将此半茎变白之发拔下,将此白发丢入水中。"其发一入水中,变一白蛇,由西北而逝。"

《闽都别记》系列故事 №13——貌美如花的南海观音与登徒子

大士知道，这是命运劫数，不能违抗，就"咬破指头，将血向西北弹，送人家投胎为女，以收此蛇，又拨金甲神去防护。卖菜王小二投水既死，魂魄不散，并令金甲神引去转世，与弹指化身之女配为夫妇，以了掷中之缘。

在这场观世音菩萨精心策划的"色诱"富家子弟集资兴建洛阳桥的活动中，意外产生了《闽都别记》三位主角：

观音弹指之血云送陈家投胎，福州南台下渡陈家长者名昌。"妻葛氏，未曾生育，亦祈祷于鼓山喝水岩观音前，梦吞红云怀孕。于大唐天祐元年正月十五日，产下一女孩。临盆之时异香满室，取名靖姑。"

貌美如花的南海观音与蟹徒子——《闽都别记》系列故事 №13

　　王小二之魂送刘家投胎。刘家，候选儒官，单名字勋。妻朱氏，未育男女，曾到鼓山喝水岩观音座前祈祷。"朱氏梦白莲一朵，遂得孕生男，取名杞莲。"

　　吕洞宾之半茎白发丢入江中，化作白蛇，至古田县东三十里，有临水洞，在内潜藏。

后来按照观音的安排,观音弹指之血云投胎的陈靖姑与王小二之魂投胎的刘杞莲结成恩爱夫妻,两人双剑合璧,联合办案,除妖降魔,为民办了许多实事。在临水洞潜藏的白蛇作恶多端,《闽都别记》中第六十二回它即被陈靖姑斩成三段,"蛇首锁在龙潭壑,蛇身在开元寺古井,蛇尾锁在七穿井"。

貌美如花的南海观音与登徒子——《闽都别记》系列故事 №13

点赞既遂

  按理说此事已大功告成了,可是当年观音为了实现资助造桥的崇高目标,采取"色诱"和动用法术,让"所掷之银,皆由左右或头边飞过,而衣襟亦未曾沾着一下",这样做的目的很崇高啊,而手段是不是有点"卑劣"呢?由法律角度来看,这能允许吗?如果这些好色的登徒子集体去衙门状告观音"欺诈罪",可否胜赢?以古喻今,实则难从。只能是取之精华,去其糟粕。

外地人到福州做官，赴任进城为什么不能走南门？

义收

福州民间流传这样的说法："外地人到福州做官，赴任进城的时候千万不能走南门。"这奇怪的说法在《闽都别记》第五十四回"僧祷甘霖覆塔留臂，雷震妖猫现谶知源"中有记载。它与一个叫义收的游僧有关。

外地人到福州做官,赴任进城为什么不能走南门? ——《闽都别记》系列故事 №14

后梁末帝贞明元年二月,自春及夏,天时久旱不雨。"忽有一游僧名义收,至白塔寺,言能祈祷甘霖,若三日无应,自愿烧死","众从之,遂搬出厨内之火柴,在佛殿前大埕架一座柴塔,高二丈"。义收"不披袈裟,不执法器,自爬上柴塔顶,向西合掌匍匐念经"。

《闽都别记》系列故事 №14 —— 外地人到福州做官,赴任进城为什么不能走南门?

　　义收在柴塔顶直祷至三昼夜,并无一些变化动静。可怜一连三日之曝晒,并未进半滴水谷,口念无声,膝跪不敢挪动。至了午时,四山头并无一点云丝,义收在塔顶连叫:"放火!放火!"火即燃起,倾刻上焚,义收仍在塔顶如故,不动。火延将至巅,忽然平空一声霹雳,风逐云生,雨随风至,倾盆倒下,火遂息。看的人跑躲不及,无一不是湿如鸭仔模样。义收站立于塔顶,合掌朝西拜谢,随即飞跑下来,仍跪伏殿前,待雨下至六七匝,渐止了方起。现在我们于山白塔寺有一法雨堂,就是人们为纪念义收"积薪自焚",舍身求雨而建的。

外地人到福州做官，赴任进城为什么不能走南门？ ——《闽都别记》系列故事 №14

"闽王闻报义收祈祷情形，怜感不胜。即备带素席，亲至白塔寺，先与义收和尚拜谢舍身救民之德，随排素宴，延之上坐酬叙。"

义收曰："近来此城内外尚有常患火灾么？"闽主蹙眉答曰："正此数年内火患不断，难以禁止。"义收答曰："止之不难。皆由此本寺新造之白塔所致。可用一物制压，便略止之。""殊不知贵治莲花峰既耸于北，石塔（今称乌塔）又耸于西南，凡尖者皆属火旱，二处之火星已旺，再添东南一尖峰，三尖鼎峙，其火岂不愈炽？怎怪得回禄（火神名，代指火灾）之频见也。今欲制之无他，只须铸一大铁鼎，覆压东南生旺火之塔尖，其患不禁而自止。"

《闽都别记》系列故事 No14 ——外地人到福州做官,赴任进城为什么不能走南门?

闽王闻说此理,即刻召匠铸鼎。义收书经咒三十二字于鼎内,遂用天车吊上,覆压塔巅。

义收又曰:"从此之后,凡有来守闽之藩伯(即布政司),切不可由南门入城莅任。由此而入,必破其制度。"闽王遂谨记之。

就因为白塔有这口经咒鼎覆压着,从五代梁至明嘉靖,足历六百二十余年,福州城都平安无事。但是想不到"嘉靖十五年新正月,适有新任福建布政司屠侨,浙江人,由南门入城进衙莅任",大家大惊失色,皆曰:"城内当回禄(火神名,代指火灾)。"

外地人到福州做官,赴任进城为什么不能走南门? ——《闽都别记》系列故事 №14

《闽都别记》系列故事 No14 ——外地人到福州做官,赴任进城为什么不能走南门?

果真没过多久,二月十九日午时,忽然天降滂沱大雨,一声霹雳,"俄而白塔火自燃,焚如巨烛,照彻城中内外数十里"。屠藩宪闻报,骑一匹快马赴白塔寺,向塔拜祝,其塔鼎覆落地。"屠藩宪看了鼎中字,随问知前代覆鼎制火、禁止由南莅任之来由"。

外地人到福州做官,赴任进城为什么不能走南门？——《闽都别记》系列故事 №14

屠藩宪说：塔焚鼎坠，由本司由南入城莅任所致。"即召匠修理旧塔完好，旧复变新。惟塔顶之覆鼎，仍用天车车上，仅车上半塔，即行磕破坠落。又再铸，再车上，不磕破，便索断，皆掷粉碎。一连铸、车几十次，皆如是。只有一个已车覆塔顶了，至夜，遭狂风吹刮坠碎矣。"众皆言天数已定，遂不再铸鼎。

《闽都别记》系列故事 No14 ——外地人到福州做官,赴任进城为什么不能走南门?

从此以后,福州白塔顶都没有铁鼎覆盖。从嘉靖十五年,即公元1536年以来的480多年间,福州的确火灾频繁。

外地人到福州做官,赴任进城为什么不能走南门? ——《闽都别记》系列故事 №14

孩提时代,隔三差五就听到附近台江的大庙山报警台响起报告火灾的炮声与警报声,特别是半夜常被惊醒,牙齿打颤,瑟瑟发抖。近几十年来,福州高楼林立,洋楼厝代替了"柴栏厝","纸褙福州城"成为历史,火灾情况大为减少。不过现在一有火灾,看过《闽都别记》的人,就会想起这位屠藩宪"由南入城莅任",他给福州人造成几百年的灾难,这虽是迷信,然人们的心里仍有戚戚焉。所以这古代的说法现仍在民间流传。人们对世事的普遍心理是:宁可信其有,不可信其无。"不要由南入城莅任",现在看来这是轻而易举能做到的事,我们何必与古代人过不去呢?下飞机,下高铁都可以自然而然地由福州的北门或东门进城,如果你一定要去挤交通拥堵的南门兜,这属于"拌目拗"行为,千万不足取矣!福州屏山上的"镇海楼",迄今还流传着同样的说法与现实观照。

《闽都别记》系列故事 №15

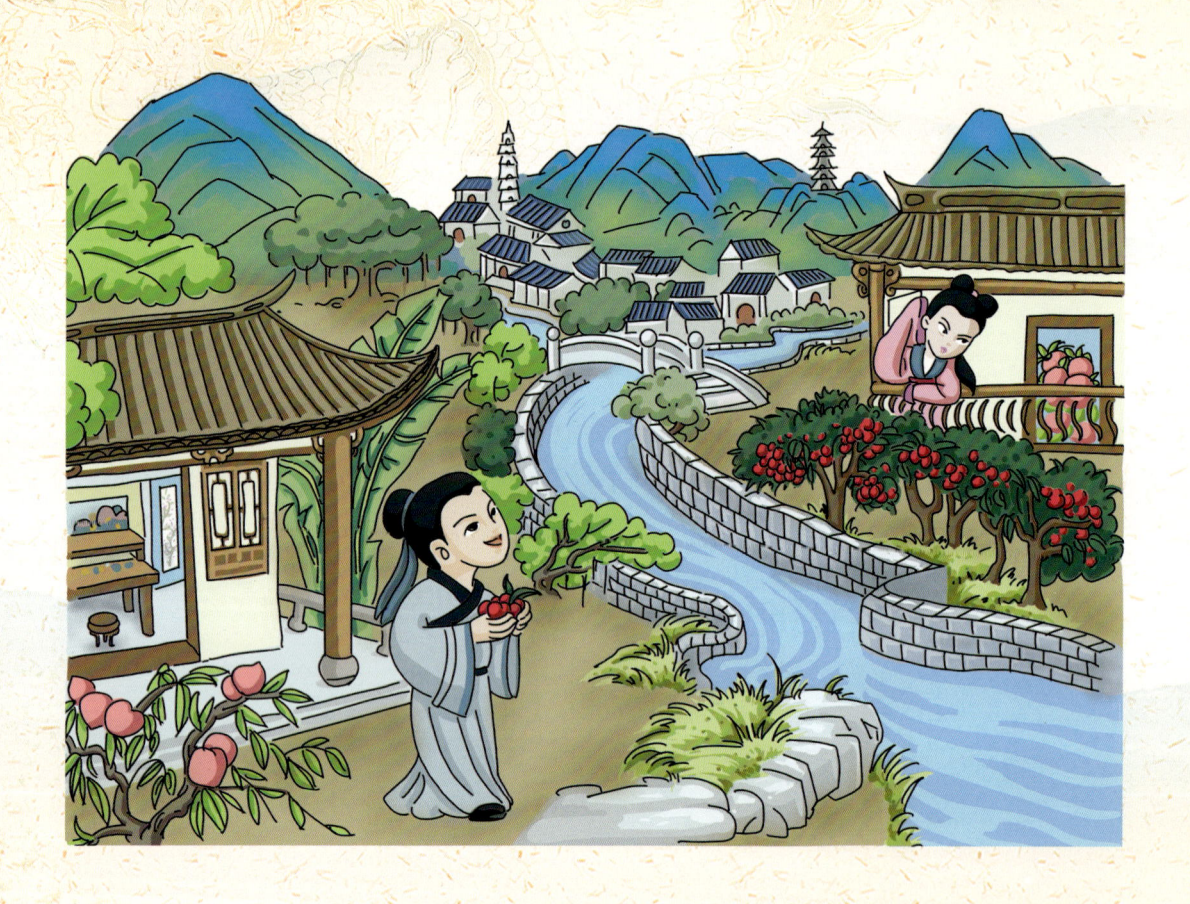

殉情者是伪造文书的杀人犯

　　许多人都听过的"荔枝换绛桃"故事,这乃是《闽都别记》描写的三大爱情故事之一。它是具有福州特色的中国式爱情悲剧的典型,被誉为福州版的"罗密欧与朱丽叶"。由这个故事改编成的同名闽剧《荔枝换绛桃》,特别受坊间欢迎,是闽剧的经典剧目之一。

殉情者是伪造文书的杀人犯——《闽都别记》系列故事 №15

剧本叙述五代后唐时,福州城内桂枝里书生艾敬郎与邻女冷霜蝉,用福州特产荔枝与绛桃互相赠送,表达了爱慕之情。后冷霜蝉被闽王掠入宫中,艾敬郎冒死闯入宫内。闽王百般威胁,二人拒不服从。闽王无奈,将二人关入柴塔以死相胁。二人临危不惧,相拥化作一对鸳鸯腾空而去。勇敢的殉情者艾敬郎被大家普遍赞颂。不过,剧本有意忽略了《闽都别记》中一个重要情节:艾敬郎为达到向冷霜蝉求婚之目的,答应了女方为她报仇的请求,亲手把她叔叔推进安泰河里淹死,并伪造遗书开脱罪行。这段鲜为人知的情节,在该书第五十六回"冷女掷果为父伸冤,艾生设诈代妻报仇"中有详细的记载。

《闽都别记》是这样描写这个故事的。艾敬郎托人向冷霜蝉求婚,冷霜蝉说,她"有一不共戴天之仇未报,不敢便过入门。俯俟将来恨雪怨消,方可从命"。她说:"奴母女世居延平剑浦,祖父生父、叔二人。先父冷辉,家叔冷光,祖遗八万家业。叔生二子。父未有男女,嫡母亡过,收奴生母为妾,只生奴一人。"叔要独占家业,"起不良之心,将先父用酒劝醉,邀看龙舟,推落剑溪淹死"。"自此,将奴母女二人打为贱婢,牧羊采薪,汲水挨磨,万苦千辛,几乎丧命",以后母女搭船到福州栖泊。她告诉艾敬郎冷光现行贩木头在福州南台行中。

为了达到求婚的目的,艾敬郎自此便不在楼弄笔墨,日夜在外访探冷光信息。密探月余,知冷光同其儿子现在南台木行发卖木料。有一天,艾敬郎在巷口等候冷光,以投资五百两银,搭木材商行做生意的名义,邀请冷光进自己厝饮酒洽谈。到了晚上,冷光欲与艾敬郎同榻,艾敬郎请他到阳台解手。冷光已入醉乡,艾敬郎即开阳台门,"门外即是河,水正涨满,又是月晦夜半,伸手不见掌,他扶冷光至门外。冷光正在解手,被艾敬郎搭后尽力一推,只听得扑咚一声,门即关闭"。

《闽都别记》系列故事 №15 ——— 殉情者是伪造文书的杀人犯

殉情者是伪造文书的杀人犯——《闽都别记》系列故事 №15

杀人后,艾敬郎又模仿冷光的笔迹,给其儿子写了假遗嘱,说是:"予知大限难逃,万事皆空,以恐冤冤相报,悔之无及。尔可查询霜蝉母女同回",等等。敬郎把假遗嘱装入带袋中。"候天将大明,出安泰桥上,将带并袋挂在石栏上,拾一块大石头,望有人来,把石掷入河中,大喊曰:'有人投水,快来救他!'"冷光儿子请人捞出尸首,大家都认为自杀,便"收殓入棺,抬往寄顿大钟寺"。

这样一份假遗嘱,一个假现场把杀人案掩饰了。

后面的故事人人皆知,冷霜蝉被闽王延翰抓入后宫,誓死不从。艾敬郎也坚定表示:"娇妻,死必一处,同往投生,一刻不离,补此生之愿也!""延翰怒甚,令将二人押入火堆。可怜冰心玉貌投于烈焰之中,顷刻玉碎珠消。"

《闽都别记》系列故事 №15 —— 殉情者是伪造文书的杀人犯

　　闽剧《荔枝换绛桃》为了树立艾敬郎这位殉情者完美的形象,删掉艾敬郎求婚过程中杀人犯罪的一幕,让这个故事成了福州的一个美丽传说。这种艺术加工手法无可厚非,但同时又让人联想起另一问题:如果传记文学的作家为名人树碑立传时,是不是也都得删除掉这些人某种事实呢?

殉情者是伪造文书的杀人犯——《闽都别记》系列故事 №15

"为尊者讳,为亲者讳,为贤者讳",这是孔子编纂《春秋》的原则和态度。所谓讳,并非避而不言。春秋不虚美、不隐恶,独于字词间斟酌以示褒贬,讳中见直。看来如何做到不文过饰非,不涂抹历史事实,"春秋笔法"不失是中国古人的伟大智慧。

"打死曲蹄婆,你毛我也毛"

《闽都别记》系列故事 №16

　　《闽都别记》中有句话说"打死曲蹄婆,你毛我也毛"。这曲蹄婆到底是什么人呢?其实这句话居然是一个惊悚故事的开头。详见该书第七十一回"人幻荆棘惩好色子,鬼穿人皮变曲蹄婆",第七十二回"树精毁焚伤贪花肾,高奶除妖识乞丐仙"和第七十三回"牧氏苦哀求仙人起死,花子施法术柳月回生"。

"打死曲蹄婆,你毛我也毛"——《闽都别记》系列故事 №16

话说有一个树精,它是"江边之水榕糅。起先根下埋有老渔妇之尸,得其尸气,遂能变老妪。后又埋一少妇,又夺其尸气,亦能变为少妇。至年久,遂分老少二皮壳,欲少则少,欲老则老,迷人不计"。

《闽都别记》系列故事 №16 ——"打死曲蹄婆,你毛我也毛"

有一天,她化为一个曲蹄婆(蛋民妇女)去天宁寺作证(栽赃)和尚。"以和尚窝娼,众人把和尚殴打,寺中财物、法器抢夺一空"。据述情况是这样:"乃曲蹄婆自投入内,正在斥逐间,人众随拥至抢掠。明以曲蹄作局,人随至拿。"众乡邻曰:"和尚打死曲蹄婆,尔毛我亦毛,(你没有我也没有)。免得做有份之二使(指奸夫),常常作局。"众和尚愈甚,央求大家"即去寻那作局人并曲蹄婆来活活打死,以消其恨"。

"打死曲蹄婆,你毛我也毛"——《闽都别记》系列故事 №16

这曲蹄婆为了躲避众人,找到"贪花好色"男子柳月,说是"情愿为妾"。柳月便将她偷偷地收纳在书院。有月余,无人知晓。有一天,柳月"隔窗窥之。见那女盘汤洗澡,一面脱衣,一面骂:'薄情不学好,一去再不到,且待他一来,拿他取头脑。'言讫,身上纱衣脱下,露出白雪肌肤,落汤盆洗了一会,拭干,又将身上皮肤脱起一层如壳,又换出发白皮皱老妪形状,又把汤洗了一会,又剥去皮壳,便变出绿面獠牙、赤发狰狞恶鬼形状。又洗一会,拭干,将老妪皮壳先穿上,那恶鬼便化为老妪;又穿一重皮壳,便是美女形状,如往日亲爱佳人。柳月在外偷窥清楚,吓得魂不附体。"他赶紧找其表妹救命,他表妹是陈靖姑的徒弟高雪海夫人。高夫人留给他一道朱符,说是"将此符拿去,贴在房中门楣上,妖必惊走,不敢入室"。

《闽都别记》系列故事 №16 ——"打死曲蹄婆,你毛我也毛"

柳月遂回家,将符贴于门楣上。

谁知至三更,这"恶鬼,青面獠牙,赤发蓝睛,抢至房门前,手指符曰:'尔以符拦我,我但取肾不取脑。'遂将符扯破,一脚踏进房门,至床将柳月两肾子(阴囊)连筋抠下持去。"柳月老婆"牧氏惊倒,那鬼已去,惊回魂魄,持灯照见丈夫僵死在床,裤扯粉碎,血流满地,肾核已破,气已断了,痛哭不已"。

116

"打死曲蹄婆，你毛我也毛"——《闽都别记》系列故事 №16

"那妖取了柳月肾子，仍回花园书房，将肾子入罐煎汤作茶食。至天明变为老妇，带罐而去。路遇一没鼻花子（指麻风病容面）抢去，把二粒肾子一口吞了，把罐丢入江中。"

《闽都别记》系列故事 №16 ——"打死曲蹄婆,你毛我也毛"

这时高夫人赶到,判断那妖是水边一株榕树,遂挥剑将树妖斩讫。"夫人炼出三昧真火,将妖尸并树,连老少二妇之尸一并焚为天灰,烟臭闻于数里,其怪始灭。"

"打死曲蹄婆,你毛我也毛"——《闽都别记》系列故事 №16

高雪海除了树精,对众人说,"那花子乃是不露相之地仙,知妖怪害人,故变化肮脏之花子,抢去其罐料是存了",指示柳月的老婆去求那花子。花子被感动,就"掷草包与他,内有存物,立起身解开。见内一纸包,有物二个,料是人肾。"草包内有字:"特赐灵符一道,灵丹一粒,先用开水化开灌于口内,其肾子放于胯下,其符烧化,照尸遍喷,以安魂魄归元,其灰涂于阴囊,自得回生。"依此法行之,果然"灵验,其肾子如鸟投林,涂了符灰,见鼻子有气,渐渐回生",此时柳月得救了。

《闽都别记》系列故事 №16 ——"打死曲蹄婆,你毛我也毛"

有人说"男人好色,英雄本色",这是高抬男人,实际是"男人好色,天然本色"。在两性关系上,男人占主动、主导地位,这是由人的动物本性决定的!君不见在自然界里,狼群中最强壮的公狼,妻妾成群,随心所欲;就是在鸡群中,也是公鸡在雄性荷尔蒙驱动下,主动出击,满院奔跑追逐母鸡。所以,好色是动物界为了繁衍种族后代,让世界得以继续生存发展所做的个体努力。不过聪明的上帝在设计这一程序时,给个体以无比快感作为奖励,不然谁愿意满头大汗、精疲力竭地为了什么种族繁衍与世界的繁荣云云与自己毫无干系的事情,而辛苦埋头苦干呢?

"打死曲蹄婆,你毛我也毛"——《闽都别记》系列故事 №16

　　人脱离了动物界后,由于受到法律与道德的约束与压制,便不会像动物那样肆无忌惮,但一旦压不住"欲火",花心发作,走火入魔,往往酿成了《闽都别记》中形形色色的故事。我们可怜的柳月就是在大自然的法则影响下,动了好色的风流心,迷恋上年轻貌美的"曲蹄婆",搞了婚外情,包养"小三",才中了妖怪的诡计,差点命丧黄泉。

《闽都别记》系列故事 №17 临水宫"三十六婆奶"的来历

　　陈靖姑信仰始于唐,兴于宋,盛于元明清,现在海内外信众逾1.2亿人,世界各地有临水宫四千多处。我们参观临水宫时,一定都会看到神龛当中供奉着"顺天圣母"陈靖姑,林九娘和李三娘。两边壁龛毫不例外分列着三十六婆奶的塑像或画像,她们表情丰富,体态丰满,栩栩如生,身边大都或抱或牵一个小孩。另外在临水夫人巡游的队伍中,我们也经常看到有一方阵,由三十六位作古代宫娥打扮的"婆奶"组成,她们怀抱着娃娃的玩偶紧随其后!

　　这三十六位婆奶是来自何方呢?《闽都别记》第六十二回"薛浪子害人伤己命,陈靖姑斩蛇度宫娥"有记载。

临水宫"三十六婆奶"的来历 ——《闽都别记》系列故事 №17

　　说是五代后唐永和年间，陈靖姑得了闾山道法，曾替闽王王璘解决妖患，救出王后和三十六位宫女。闽王为了报恩陈靖姑，将三十六位宫女赐赠给她为徒众，称之为"三十六婆奶"。
　　故事讲到，由吕洞宾的一根白发变成的白蛇到处兴风作浪。一次它潜入闽王王璘的宫中，王后金凤"被鬼迷拽至长坑"，白蛇变为王后入宫，囚禁三十六宫娥。这些宫娥"被娘娘一齐幽入冷宫，不见天日。突有白蛇，身如斗大，一日来食一个，欲喊不出声，被食尽矣！"

《闽都别记》系列故事 No.17 ——临水宫"三十六婆奶"的来历

　　有一天白蛇听说陈靖姑回到母家。"闻了大惊,欲走又舍不得,思想一计,如此如此。遂假作心痛之病,在床呻吟。"王璘亲问之,蛇精应曰:"臣妾昨夜梦至宝王宫,求神乞命。神曰:'尔之心已痛腐,须用他人之心补之即愈。'"
　　蛇精告之王璘曰:"惟本都江南下渡有一陈靖姑,那心堪以补换,快取来勿迟。"

临水宫"三十六婆奶"的来历——《闽都别记》系列故事 №17

　　王璘即去令地方官请靖姑。靖姑不避，随入内殿。王璘赐剑让陈靖姑自剖，"那靖姑不惊，即笑：'臣妾之心可医得娘娘贵体，幸极矣，怎敢违命？只求一杯清水，到床前取心，连血热食，始见功效。'王璘从之，即赐剑与水"。

　　"靖姑左手捧水，右手执剑，随王璘至宫；突入床前，念动真言，喷去法水，蛇精以被蒙头，要走不及，现出原形，一斗大白蛇在床上翻滚。王璘惊甚。姑曰：'留乎，斩乎？'答：'快斩之!'靖姑挥剑将白蛇斩作三段。忽望空飞去，靖姑仗剑从空追之，俱不见。王璘惊定，命查寻陈娘娘何在。内侍遍寻不见，惟见后冷宫白骨堆积如山。不知此妖因何而来，或疑陈金凤必定被咬。"

《闽都别记》系列故事 №17 ——临水宫"三十六婆奶"的来历

"共在疑议之间,而陈靖姑由空中而下。王璘问故,靖姑曰:'此妖乃临水洞之白蛇,随处害人,臣妾将除之,被逃至此。他将陈娘娘拽去,变作正宫迷惑主君,伤害宫女。'"

王璘又问:"可知陈后拽在何处?蛇身逃走何处?"并引看冷宫中白骨。

靖姑说:"追拿之蛇首锁在龙潭壑,蛇身在开元寺古井,蛇尾锁在七穿井。"王璘令人往长坑山抬回王后陈金凤。"金凤只奄奄一息,靖姑将法水喷净,如梦初醒。"靖姑又"将白骨炼度,吹鸣鼓角,步罡踏斗,喷洒法水,那骷髅即复活为宫女三十六人"。

临水宫"三十六婆奶"的来历——《闽都别记》系列故事 №17

"宫中既炼度清楚,闽王王璘遂封靖姑为临水夫人。以三十六宫娥既死而复生,赐与夫人为侍从。地方官即将临水洞大兴土木,改宫阁,安顿三十六宫娥。"

《闽都别记》系列故事 №17 ——临水宫"三十六婆奶"的来历

　　今福州秀峰村"宝溪境",有"三十六婆奶"画像的照片,她们每人都有籍贯与名字,例如:福州府古田县陈大娘,延平府顺昌县黄莺娘,福宁府宁德县方四娘……

　　三十六婆奶亦是辅助生育的神,专门照顾小孩出生后到十六岁这段期间的成长,使他们免于受惊吓、溺毙、灼烧、出麻疹等,保佑孩子的身心正常发育。三十六婆奶中亦有不携或抱小孩的,信男信女若抽中其签说明孕缘未至,仍待安心养身以成后效。台湾民间仍笃信三十六婆奶,不但可治妇女百病,还分别职司幼儿衣、食、住、行,惊吓,夜哭和病痛等问题。

陈靖姑后来成了妇幼保护神和"陆上女神",与莆田湄洲岛上的林默娘即"妈祖","海上女神"齐名。她们的事迹传诵后世,名扬海内外,均成了国家级的非物质文化遗产。三十六婆奶也成了陈靖姑的属神,专司保佑孩子健健康康地成长。宁德市古田县的临水宫现为国家重点文物保护单位,陈靖姑的史迹全列其中。

《闽都别记》系列故事 №18

"缺哥望小姐"
——一个兔唇人的爱情故事

　　兔唇是一种常见的先天性缺陷,就是人的上嘴唇有一个豁口,看上去像兔子的嘴巴,医学上叫"先天性唇腭裂"。兔唇严重影响美观,使人自卑。《闽都别记》第七十六回"渔郎相思心结成石,九娘识破水浸现形",叙述了一位兔唇人,福州话叫"缺哥",得到真正爱情的故事。

"缺哥望小姐"——一个兔唇人的爱情故事——《闽都别记》系列故事 №18

"王璘之国计使薛文杰有二女,长名品玉,次品媚,俱有色。惟品玉美而有慧,知父助纣为虐,怨声载道,将来必至灭门之祸,屡谏不听。品玉年已十八岁,欲将配与奸党之子,祸更难逃。于是日夜忧愁,退避后楼。无人相伴,惟一老妪温氏,无家可归,亦在后楼相伴。"

她们家的后楼架在小河上,少人往来。那日开窗,见一渔郎在浦上打鱼。品玉同这位温依姆靠窗看之。依姆说:"任其王孙公子,怎似渔郎长久安乐?"品玉曰:"果然官家不如渔家好,早去捕鱼晚归家。"依姆笑问曰:"设使渔郎配与大小姐为夫,嫌不嫌?"品玉亦笑曰:"宁嫁箬笠渔子,不嫁纨绔小儿。"妪笑曰:"嘴像鬼子,亦不嫌耶?"品玉答:"是缘分自应不嫌。"

《闽都别记》系列故事 №18——"缺哥望小姐"———一个兔唇人的爱情故事

"原来那渔郎嘴唇缺裂两边。品玉自此常常倚楼看观,温妪有时亦在同看。那渔郎见楼上美女,魂便飘荡。自此不管打有鱼无鱼,日日都在楼下打鱼,总不敢仰面对看,在下面身亦爽畅。"

"那日温妪亦在同看,细语之曰:'嘴缺如是,如食茶汤,必流。'品玉亦笑曰:'茶送一杯与食,看会流不会流。'妪即取茶一杯,以花筐系绳坠下,谓之曰:'打鱼郎,薛千金送茶与你食。'那渔郎仰面,双手接捧饮之,称谢不已。楼上二人见嘴缺茶饮亦不流,暗暗称异。"

"缺哥望小姐"——一个兔唇人的爱情故事 ——《闽都别记》系列故事 №18

"那渔郎饮了此茶,那魂魄投于茶杯中,随筐跟上楼去矣。是夜回家,便奄奄病倒。不能勉强再来打鱼,人虽病卧在床,而心与神犹似在楼上。原来此郎姓黄名奇,年二十岁,只有母何氏,奉母至孝。"他就这样卧病床中,自思:"那楼上美人乃大官宦之千金小姐,分明看我打鱼有趣,那茶亦是试我缺嘴怎样而饮,皆不是有心于我。我自顾何等之人,何等之貌,有敢亲近之?""其奈情已入心,抠不能去,敢望冰肌玉骨一傍,亦心愿也"。

"于是越想越结于心越坚。七日水米不沾。先不敢言,将死,对母说出实情,将思慕之因由说之,亦不敢说住处姓氏,只约略言之。"

《闽都别记》系列故事 №18——"缺哥望小姐"——一个兔唇人的爱情故事

临死时候,"忽然有一物从黄耆心中吐出,视之,乃有鸭蛋大的,形色与猪心无异。何氏不胜惊异"。"将小屋发卖,收拾了尸,棺寄古庙,只得将子之心名为'相思石',插草沿街捧卖,定价五千金。"

这时,在陈靖姑信俗中的一位重要人物——罗源林九娘出现了。她首先解出这石头的奥妙:"随取一盆水,将此物投于水中,无有见异。停思一会,又取一杯酒浇入水中,即刻浮出景致来,即如海中蜃楼。那物有气涌上水面,结作河浦、楼阁,树木。浦中有渔郎打古辘,仰面望楼上。楼上有一美女,倚槛望浦中。宛然薛家后楼临浦,薛品玉看黄耆打鱼之情景也。"

"缺哥望小姐"——一个兔唇人的爱情故事 ——《闽都别记》系列故事 №18

　　林九娘对黄耇的母亲笑曰:"果然现出真形。"她指打鱼的曰:"望思慕那楼上美人,不能遂心,惟将那美人凝结于心,任若水火烧打,总不能毁,如此之坚,那渔郎必是你子。倚看之美女必是宦门之女,因日日在此打鱼,彼此观看,惹出你子思慕之心,结为此石。"

　　林九娘还帮助何氏出主意,教她将此石带到官宦家里去卖。最后何氏到了薛品玉家里,薛品玉看到"相思石"出现的"缺哥望小姐"的情景。品玉想:"此渔郎不是性命因我断送了?"不觉情动于中,珠泪并出,滴在那心上。谁知奇甚,那心甚坚,经无数人把玩,并无一点改异,惟一经品玉之手,已软去一半。今又滴沾品玉之珠泪,忽然全化为灰矣。

到晚上，品玉闭户静思："那渔郎，彼时不与一杯茶，必无妄想，因此茶惹动他心猿意马，断送性命。今命既休，还将奴家之形凝结于心，坚牢不毁，沾奴一泪，顷刻意愿心灰。他既有此钟情于奴，奴以等闲视之，便是草木，岂同人类！今生既误，却不能与之遂偶，惟死魂可相随于地下也。"思之既定，是夜悬梁自尽。

《闽都别记》第七十八回"盗贼劈棺无服饰，男女还魂共遁逃"写了后续的故事。"薛家抬品玉棺柩安放于古庙内。此庙乃是南关外山边之孙魂坛庙"。一天，"俟至半夜，三贼至庙，明火开棺，将品玉身尸拾出。首饰俱无，惟脱几件破补布衣裙，见贴身之椰裤犹新，将脱之，因见又一部新棺亦在旁边""众再撬那棺，亦将尸抬放地上，看衣服更破烂不堪，三贼气甚。""原来那部棺木乃缺嘴渔郎黄耆棺柩，同寄在一处，被贼一同撬开。二尸同放在地"。贼走了，至天明，他们两人还魂了。这时黄耆的母亲何氏由林九娘指示来庙接应，男女两人死而复活后就相认了。何氏曰："汝二人又转一世，合再世之姻缘，乃奇人罗源林九娘夫人指示也。"何氏遂将九娘教的从头至尾述了一遍，三人乘船去罗源找她，自会安顿。这个故事顺应了中国古代的爱情法则，花好月圆，有情人终成眷属！

网络上有人歌咏：
嫣然一笑醉渔郎，妄想痴心欲断肠。
死后还魂成眷属，美好爱情永流长！

"缺哥望小姐"——一个兔唇人的爱情故事 ——《闽都别记》系列故事 №18

　　福州的白马河连接西湖,这一段在西湖边发生的"缺哥望小姐"的故事,在白马河边栈道上亦可见到他们的雕塑。我们乘船游白马河,在小桥流水拐弯处便可以看到他们,静静地立在那里诉说着这一段美好的故事。"缺哥望小姐"的故事传说,于当下仍具有普遍的社会价值和超越时代的意义。

"福清哥"这种叫法,最早可见《闽都别记》

小时候,经常会给人起绰号(福州话:起外号)。偷偷地或公开地叫人绰号,这是小孩子特别喜欢的事情之一,当然被老师知道难免挨尅。

其实,在民间这事情大人也喜欢做。例如,福州人给周边地区人起的绰号有:福清哥、长乐伙("我"字的长乐地方读音)、连江鸡、莆田猴等等,这些不雅的叫法,除了翻脸吵架,一般都是在背后偷偷地流行。不过有点例外,"福清哥"这叫法居然出现在"2021年十邑春晚"上,开场歌舞的第一句就是:"长乐我,福清哥,平潭,连江,马祖澳……"这种明目张胆地叫唱,却引人会心地一笑。在网上,年轻的网友们议论纷纷:福清人被人叫做"福清哥",这种叫法到底是什么原因,又是从什么时候开始的?

"福清哥"这种叫法,最早可见《闽都别记》——《闽都别记》系列故事 №19

据《福清侨乡报》载,"福清哥"提法有以下几种原因。

有的说,"福清哥"源于宋元戏曲福清地方小调"福清歌";有的说,福清出了首辅大臣叶向高,按传统习惯,首辅大臣亦称相爷,人们尊叶向高为"叶相哥",于是,福清人跟着沾光,成了"福清哥";还有人说,旧时福清人穷,吃地瓜配鲖仔,所以外地人叫福清人作"福清鲖"等等。

其实写于清代乾嘉时期《闽都别记》一书中至少有三处提及"福清哥"。

《闽都别记》系列故事 No.19 ——"福清哥"这种叫法,最早可见《闽都别记》

"福清哥"第一次出现在《闽都别记》第一六九回。福清江阴人姓铁名英,字连环,因屡试不第,下海为盗,人称"海皇帝"。闽都指挥使唐建策,奉旨围剿他,而他却改名换姓,潜入唐府。原来,他闻知唐建策之子唐攀桂美若处子,在家塾读书,欲谋其为契弟(同性恋),于是,他化名王山,装作歇囝(傻子),混进唐府家塾,并采取种种手段,使唐攀桂成了他的契弟,铁连环如愿以偿了。一天铁连环宴请唐建策及学堂师生,他侃侃而谈,展现博学才识,引起唐建策的怀疑。第二天,唐建策欲穷究之,来到学堂,喊道:"福清哥,再来讲凑!"谁知,铁连环早有觉察,不辞而别了。据说故事发生在五代十国闽国天德年间,距今一千余年。

"福清哥"这种叫法,最早可见《闽都别记》——《闽都别记》系列故事 №19

"福清哥"第二次出现在《闽都别记》第三一二回。书中写道:"魏忠贤被杨琏劾二十四罪,诸官接续又劾百余疏,竟劾之不倒,无敢再言,忠贤遂自尊为九千岁。谁知无人明言,便有人暗算。暗算者何人?乃福建一童生福清哥也,姓林名汝翥……"据说此事发生在明天启年间。

《闽都别记》系列故事 №19 ——"福清哥"这种叫法,最早可见《闽都别记》

　　"福清哥"第三次出现在《闽都别记》第三九四回。一次,元宵节举办猜灯谜活动。一个连江人曰:"长乐伙已去,今来与福清对挂对准。"福清人曰:"我不出谜,来出对。"连江人曰:"就出对,句我先出。"即写贴于灯笼上:"古田兄缚瓶,做福清糕,炊长乐粿。"福清人即对,亦写贴灯笼上:"汀州拐打刀,刣(杀)连江鸡,教罗源猴。"连江人欲再写对句嘲福清哥,因见山东杂货行挂出灯笼谜,众曰:"他的灯谜更雅,不似你们俚俗。"遂同去看。此故事发生在清康熙年间。

"福清哥"这种叫法,最早可见《闽都别记》——《闽都别记》系列故事 №19

从上述所引例子可以看出,"福清哥"最早出现在五代十国时期,而且,不是出自作者叙述,而是出自书中人物之口,可见当时对福清人就有"福清哥"的叫法。这种叫法,在明清两朝,一直沿用。

由此可见:说是"福清哥"源于宋元的"福清歌",迟了二三百年,不妥;说是"福清哥"源于"叶相哥",迟了五六百年,也不妥;说是"福清哥"蜕变于"福清鲗",迟了近千年,似乎更不妥。

《闽都别记》系列故事 №19 ——"福清哥"这种叫法,最早可见《闽都别记》

"福清哥"的叫法还有可能与福清人从事的一种小买卖有关。福清人来到福州走街串巷头顶蒸笼卖软糕。软糕是一种多层米糕,口感软软的很有嚼劲,趁热吃味道最好,松软、淡甜。"福清哥"卖软糕的场景上岁数的人小时候都见过。他们一只手扶着头上的蒸笼,一只手拎着可以活动的三角架,嘴上喊着"oh~"来招徕生意。一旦有人买,他们支开架子,把蒸笼放在上面,打开盖子,就可以看到一块用白布裹着的白色的米糕,这米糕是一片片的,用夹子可以剥下来,然后根据顾客的要求剥下几层,放在钱秤上称量。它计量不仅精确到"两",还到"钱"(十钱为一两)。当然,福州人也大多见过穿街走巷叫卖软糕的莆田仙游人。

"福清哥"这种叫法,最早可见《闽都别记》——《闽都别记》系列故事 №19

　　《闽都别记》中说的"古田兄缚甑,做福清糕,炊长乐粿",这福清糕,就是现在的"软糕",福清人叫卖声"oh~",就成了福清人的标志,"福清糕"的谐音词"福清哥"由此产生。

　　这应该算是最贴近"福清哥"叫法起源的说法了。

福州俗语
"虎婆奶手上无仔给人抱"

许多福州人都听过福州一句俗语:"虎婆奶手上无仔给人抱。"婆奶,俗称接生婆。虎婆奶,是民俗信仰中一位专门保佑婴幼儿的女神,其神像的坐骑是一只老虎。

这故事出自《闽都别记》第二十三回。话说陈靖姑手下的侍神虎婆奶,原是一只性情凶猛、吃人的母老虎。这母老虎被陈靖姑收服后,成为虎婆奶,专司保赤佑童之职。你想,面对凶猛的母老虎,哪个妖怪敢从她手中抢抱孩子呢?于是民间就有了这样的俗语。

福州俗语"虎婆奶手上无仔给人抱"——《闽都别记》系列故事 №20

这句话的引申意思是：如果自身很强悍，就没有便宜被人占去。

书中说，虎婆奶的来历是这样的："旗山内有一白面虎姆，在旗山。未曾与牡虎交合，因感西方太白之精气而成胎，十个月生出女婴孩。虎姆以不同类，不乳哺，亦不伤害，遂弃而去。"

《闽都别记》系列故事 №20 ——福州俗语"虎婆奶手上无仔给人抱"

"有西河樵者姓江名业,至山讨柴。闻呱呱声,见一孩子在草中","即将草包裹抱回西河。因无妻,托寄嫂氏代为抚养为女,取名'山育'。以生在山中,故名之也,遂抚养成人,貌极美。一身都无异,惟渐渐长出尾来。代哺之乳母早殁。至十五岁,江业亦亡。江氏无别亲,自以纺织度日。二十岁上便在外游荡,或留便止。若女留之,数日将女咬食走去。如男人留睡,上床即在,咬食就遁去"。

福州俗语"虎婆奶手上无仔给人抱"——《闽都别记》系列故事 №20

"那日在旗山下,她正准备吃来都城考试的张、李二少年书生,被陈靖姑发现。"即忙赶至,拔剑斩之。那虎张牙舞爪,咆哮来扑。靖姑将捆妖绳飞去,绊在那虎,仍变为女。"

"江氏跪在地上,泣曰:'奴乃旗山虎生的,于西河江氏抚养。因未遇正人教训,来此伤人。今愿皈依门下,不敢再害生人,乞饶性命。'靖姑曰:'既愿归正,可对天立誓,方可信汝。'江氏遂誓曰:'如再有残害生灵,永坠地狱不起。'靖姑遂解其缚,令作姐妹行,为护法。"

《闽都别记》系列故事 №20 —— 福州俗语"虎婆奶手上无仔给人抱"

　　在福州民间有记载,虎婆被陈靖姑降服后,与陈靖姑临水宫体系的"三十六宫婆"一起,降妖伏魔,保国护民。众女神专司人间子嗣配领,催生助产,护婴保赤等。她们各有分工,分掌专职事务。虎婆江氏夫人保人间出痘疹无事。这与旧时福州人相信老虎是痘疹的克星有关。小孩出疹了,跪求虎婆,梦中会见江夫人伸出虎舌,上下舐舐,孩子便很快痊愈。虎婆是庇佑儿童疹期的一位专职女神。她是作为临水夫人重要助手受人供奉的。

福州俗语"虎婆奶手上无仔给人抱"——《闽都别记》系列故事 №20

福州早有"虎婆宫河沿"和"虎婆宫"地名,清《侯官县乡土志》和《榕城考古略》均有记载。笔者曾经从鼓楼前沿着鼓西路走几百米,就到了元帅路,路口有一小庙,顶上石刻"敕封虎婆宫"。庙内不到20平方米,中间供奉虎婆奶,俊俏金身,手执拂尘,披风在身,威风凛凛,旁踞一泥虎,色彩斑斓,彰显出了虎婆的身份。供桌上铜香炉刻着"圣母江山育"字样。但虎婆宫显得有些萧条。

《闽都别记》系列故事 №20 —— 福州俗语"虎婆奶手上无仔给人抱"

古时医学落后，儿童体弱多病，尤以麻疹和天花威胁最大，来势迅猛，一经传染，死亡率极高。人们无能为力，只能求助于痘神虎婆。临水夫人属下神灵众多，虎婆能单独设庙祭祀，可见颇受重视。你看，虎婆奶威风凛凛，令妖魔鬼怪望而却步，还敢从她怀里抢走受她呵护的孩子吗？所以把孩子交到她手里，可以一百个放心。那时虎婆宫香火应该很旺。

如今天花早已绝迹，麻疹对小孩也已不构成威胁，自然虎婆宫"门前冷落车马稀"了，但虎婆奶的故事至今还在福州民间流传着。

福州俗语"虎婆奶手上无仔给人抱"——《闽都别记》系列故事 №20

这句福州俗语给我们的启示是：当前世界进入新的动荡变革期，有许多国家仍然奉行"丛林法则"，将本国意志凌驾于《联合国宪章》之上。个别大国肆意妄为，任意欺凌小国弱国，侵占别国的领土与主权。因此只有我们自己强大起来，才能避免受到强权霸凌，维护国际和平与安全，维护我们自己国家的领土与主权。

试想，我们一旦有虎婆奶的实力，虎威彪炳，谁敢轻举妄动，觊觎我们手上的"孩子"呢？

《闽都别记》系列故事 №21

白马河边有一座"一字救万民"雕像

　　福州有一条古老的河,叫白马河。河的两岸风光旖旎,鲜花在葱绿的树丛中盛开,沿河立有五座雕塑,分别是:白马三郎雕像、白马河畔人家雕像、拿公一字救万民雕像、缺哥望小姐雕像、白马河里㘵捕乐雕像。其中拿公一字救万民雕像由一整块花岗石构成,长6米,高2.8米,放置在同德路洪武亭对面的绿地中。

　　"拿公一字救万民"的故事,记载在《闽都别记》第二五八回"明将兴师六军攻五虎,拿公行仁一字救万民"。

白马河边有一座"一字救万民"雕像——《闽都别记》系列故事 №21

宋末有一人姓卜名福,是邵武府拿口人。当时瘟疫流行,人死无数。一天,他发现瘟神派人投毒丸于乡井中,便将毒丸抢走并自己吞下毙命了。瘟神阴谋破产,人们得救了。他舍己救人的行为感动了大家,"各乡村皆建庙供奉,望公夫妇之像多著灵显,以公乃拿口人,故皆称拿公拿婆也"。

《闽都别记》系列故事 №21 —— 白马河边有一座"一字救万民"雕像

"拿公一字救万民"讲的是拿公灵显的故事。明朝朱元璋派兵攻打福州,"命汤和领兵由海道取福州"。"汤和战船惟聚集五虎门外,攻不能入。汤和甚忿,大张榜文,内有云:'若入福州,不留一人。'"

白马河边有一座"一字救万民"雕像——《闽都别记》系列故事 №21

榜中言不留一人,汤和要屠城,这样惊动了拿公夫妇。他们化身为渔翁、渔妇,驾小舟抵五虎门外。军营报说:"渔人卜福来献下福州之策。"汤和令带入,问:"献何策?"公曰:"某姓卜名福,邵武拿口人。因见将军以福州难下,大挂榜文,特来献策,下之不难。"

《闽都别记》系列故事 No21 ——白马河边有一座"一字救万民"雕像

汤和曰："何策可下福州，说来必有重赏！"公曰："渔人不敢受赏，只求改换榜文中一字，便沾恩德矣。"汤和问："换何字？"公曰："榜中有数百字，今且慢说何字，只写纸中包着，送与将军标封盖印，仍交渔人收存，待至下了福州，渔人送与将军当面拆看，内中何字换何字，只求改一字，并无二字也。"汤和笑曰："如果能不动干戈直抵福州，莫说只改榜中一字，即二字亦无妨。"即令封字来标。……又盖了印信，交与公收存了。

拿公"即驾小舟，带众战船，悄悄由后路粗芦港直掣进福州，诸海口防兵果不知。众船由大桥登岸涌至，把省城围困，连天飞炮攻打"。

白马河边有一座"一字救万民"雕像——《闽都别记》系列故事 №21

　　福州城被攻下了。时七城（福州七个城门）紧闭，正欲尽杀人民，公忽现于城内，献封拆看。汤和见而喜曰："今既成功，开看欲换何字？"汤氏拆开看，内乃"留"字换"杀"字。问："哪一个中换？"公答曰："榜文中'不留一人'，换'不杀一人'。"汤和讶曰："我之号令如换之，则令不行矣。"公答曰："……一言既出，驷马难追，又有朱标印信，岂可在于可否之间耶？"汤和无以回答。汤和遂命中军传令，不许妄杀一人，如违者抵偿。

《闽都别记》系列故事 №21 —— 白马河边有一座"一字救万民"雕像

赞！

古代好人榜

拿公一个字就救了福州千万的老百姓，他的事迹千古流传。前几年市政府在白马河改造工程中，特地在景观带设计一座拿公一字救万民雕像让人瞻仰！因为他才是真正能上福州古代好人榜的人物啊！

白马河边有一座"一字救万民"雕像 ——《闽都别记》系列故事 №21

　　拿公有许多信徒，主要是闽江中下游的疍民，以及现在的冲绳岛的渔民。各地还建了拿公庙，香火鼎盛！

　　福州台江区义洲建成拿公庙。庙门两边的对联是："地近汤和当年登岸处，乡崇卜福易字救榕民。"百姓为了纪念朱元璋部队，将当年汤和上岸地称为洪武道，它就在拿公庙附近。后人又在那建了洪武亭，旁边立个石碑："洪武亭王爷庙，洪武古迹，汤公登岸处……"

"郑唐烧火炮，除死无大灾"

《闽都别记》系列故事 №22

可能许多福州人都听过的"郑唐烧火炮，除死无大灾"这句话。据《闽都别记》记载，郑唐是明代宁波太守郑珞的独生儿子，中过秀才，"才学饱甚，惟滑稽无比。滑稽者，即刻薄也"。这是《闽都别记》作者对郑唐的总评语。

全书自第二八三回至第二九三回，共十一回写郑唐。他为人绝顶聪明，好打不平，敢斗贪官恶人。大家都称赞他是明代福州地区的"阿凡提"。

"郑唐系列"较有影响的有"郑堂烧火炮"，第二九〇回"烧火爆除死无大灾，治恶妇充吏黜青衿"就写了这故事。

由于郑唐平常总是爱打抱不平，得罪了恶人。除夕这天，仇家设计找他晦气。时值年之除夕三十夜，郑唐家父子正在烧火爆（旧时过年的习俗，人们在家中空地上烧篝火，向火中撒盐粒，发出噼噼啪啪的爆响，以图吉利）。

"郑唐烧火炮,除死无大灾"——《闽都别记》系列故事 №22

忽然外面抬一部大棺、两部小棺进来。郑唐问:"是谁叫汝抬来?"抬棺之人答,适有两人去店中,价已商定,交有定银,开有地方姓名,叫赶紧先抬去装贮。两人说去买钱纸等物,随后亦来等语。

郑唐笑曰:"我一家都平安,无人死,是哪两个去买的要用,你们抬错至此。我亦不与汝白去,有红包送你等……"郑唐不以为意,反而把棺材劈成小块烧火,再往上撒些盐巴,噼噼啪啪的非常热闹,他旷达地说:"新春斗柄回,进棺连进财,郑唐烧火炮,除死无大灾。"

郑唐的故事生动有趣，民间文艺家们就取材加工，改编成小说、剧本，搬上戏剧舞台和评话、伬唱艺坛。其中最出色的是1986年福州市民间文艺家协会第一任主席张传兴编著的《郑堂的故事》。笔者有幸网购到旧书一本，非常珍贵。而且封面题字是周哲文，扉页题字是沈觐寿，封面设计与插图是林之本，他们都是久负盛名的艺术"大咖"。

张传兴的《郑堂的故事》共十六回，开头两回就是这个故事。故事还有后续。据抬棺的伙计口述，送棺材的是后街硋店（卖钵头的商店）的钱老板。于是郑唐就设计"拾刷"钱老板。

"郑唐烧火炮,除死无大灾"——《闽都别记》系列故事 №22

元宵节郑唐上街采购东西,准备过节。他特意来到后街硋店找钱老板买水缸。在商议价目的时候,郑唐提出按斤论价。钱老板巴不得多赚钱,满口答应下来。双方议好粗大水缸每斤两文钱,上釉大缸每斤四文。郑唐挑拣后各要一口,请老板送去,钱老板挑着担子跟着郑唐走。郑唐沿途买了猪肉、鸡、鸭、蔬菜和米、油、酱、醋、酒,全搁在钱老板担子里带回家。钱老板挑得上气不接下气,好不容易到了郑唐家,撂下担子直喘气。

到家后郑唐一手提一杆秤,一手抓一把柴刀,来到钱老板面前,一刀打破粗大水缸,提着秤说:"这口水缸我买一斤,请你称来。"钱老板被郑唐这一招弄傻了眼。郑唐回过头来又想再打另一口上釉水缸的时候,钱老板赶紧拦住:"郑秀才不能再打了,按斤论价我不卖了!不卖了!""我宁可自认倒霉白去一口缸,白流一身汗,我挑回去。"钱老板挑起担子垂头丧气地走了。

以后郑唐义逼钱老板说出:正月抬棺到他家,让他触霉头的幕后黑手是王庄的王财主。冤有头债有主,于是又一个惩治坏人的故事开始了!

《闽都别记》系列故事 №22 ——"郑唐烧火炮,除死无大灾"

王财主原名王福福,以前是福州城内宫巷坐省王太监的看门奴才,因挡门索贿,没有几年,便一跃成了王财主。一天郑唐路过王财主家门,看见王财主门口有一棵榕树,枝叶茂盛,郁郁葱葱。他就一直围着榕树徘徊仰望欣赏,口里不断啧啧称赞:"好树,好树!"没有片刻时间,郑唐这个奇怪举动已经有人报给王财主。郑唐提出要购买此宝树,王财主也狮子大开口,要三百两银子。郑唐毫不犹豫答应,并说一点也不贵。王财主被搞迷糊了,他与老婆马氏商议后决定不卖,但要郑唐说出,这棵树的宝在哪里?

这时郑唐也坐地起价,提出要得到这信息需二百两银子。得手后,郑唐煞有介事地上前对他附耳说:"这棵宝树上端有一叶宝贝的叶子,名叫'隐身叶'。如果能取到手,你想得到什么,便能随手而得!""叶子生在哪一个枝头上?""这个无法奉告,只要你肯诚心诚意,斋戒沐浴,燃香上树,一天采不到第二天要继续采,直到隐身叶采到方休。"

"郑唐烧火炮,除死无大灾"——《闽都别记》系列故事 №22

郑唐临别叮嘱:"采叶只能财主亲自上树,请贵夫人在树下帮忙,千万不要泄露于外人!"王财主高高兴兴地送走了郑唐。第二天早上,王财主开始拼着老命上树采叶,他老婆在树下当帮手。连续三天从清早采到傍晚,仍然采不到隐身叶。他在树上采一片叶子就问一次树底下的马氏:"夫人,看得见为夫吗?"马氏抬头仔细一望,答道:"看得见!"王财主丢了旧叶子又采新叶子,重复问道:"看得见吗?""还是看得见。"天马上要黑了。王财主采了三万三千三十三片叶,马氏的回答都是"看得见",王财主采得疲乏啦,马氏也答应得腻烦啦。

"看得见吗?"王财主在夜色中有气无力地问着。马氏无可奈何大声答道:"看不见啦!"王财主高兴地下树来,把隐身叶存进一个铁柜。第二天他带上隐身叶,上市场试试宝贝的灵验。他从店铺顺利地拿走豆腐香干,店铺老板看是王财主,不说什么记了账,让他拿走。同理他又从肉铺那里毫不费力地提回猪肝。经过实地试验,王财主欣喜若狂,以为果然别人都看不见他,这片叶子真是无价之宝!

《闽都别记》系列故事 №22 ——"郑唐烧火炮,除死无大灾"

王财主带着这个宝贝,大摇大摆走进县衙。看门的跟王财主相识,以为他有什么要事找县老爷,所以不加盘问就让他进了门。王财主暗暗高兴,这隐身叶果然灵验,连县衙门都可以让他通行无阻。于是他到县府大堂上抱下大印,大模大样走出衙门。知县看了目瞪口呆,喝道:"左右!给我拿下那个偷大印的!"哗的一声,几个捕快上前夺下王财主手里的大印,上了五花大绑,王财主被捕了。嚣张的王财主挨了五十大板,被罚三百两银子,还站笼示众三天。

"郑唐烧火炮,除死无大灾"——《闽都别记》系列故事 №22

这"郑唐烧火炮,除死无大灾"的故事,最终坏人得到了惩治,百姓喜闻乐见!所以它一直在民间代代相传。最后用闽侯喜娘的喝彩诗来结束本篇。

三十晚上来棺材,
明年有官也有财,
合家平安齐如意,
福禄寿喜滚滚来,

郑唐烧火炮啊,好啊,
从此不大灾啊,是啊,
自己涨(长)身体啊,好啊,
老马(老婆)好贤妻啊,好啊,
孩孙多聪明啊,好啊,
金银珠宝使车抬(用车子运)啊,是啊!

《闽都别记》系列故事 №23

鼓山和尚智斗南靖王耿继茂

耿继茂

清朝初年，那时的福州正由南靖王耿继茂镇守。这个耿继茂是个惹不起的当朝权贵。我们现在的王庄，当年叫"耿王庄"，就是他与儿子耿精忠巧取豪夺盖起来的。

鼓山和尚智斗南靖王耿继茂——《闽都别记》系列故事 №23

道霈

　　这鼓山和尚也不是寻常的人物，他叫道霈，字为霖，是鼓山涌泉寺第六十五代住持，是我们福建历史上有名的高僧，在佛学、书法上都有很高的造诣。

　　《闽都别记》第三七一回"盘问为霖耿王返驾，指点年华活佛在家"，就讲了道霈和尚用幽默风趣的语言与当朝的权贵耿继茂进行一番斗智斗勇的故事。

《闽都别记》系列故事 №23 —— 鼓山和尚智斗南靖王耿继茂

耿继茂听说鼓山和尚道霈大师很有道行,凡是来闽做官的外省官员都要去拜访他,而且向他询问一些命运上的事,大师都以佛教的偈语作答,极为灵验,所以很多人都极为敬重这位大师。但耿继茂不相信,还动了杀心。他"思当今之世,往往大丛林托名修行,诈以有道行惑人。且暗去探之,或见不轨,即刻屠之"。

鼓山和尚智斗南靖王耿继茂——《闽都别记》系列故事 №23

一天，五更之时，耿继茂带着人马，神不知，鬼不觉，偷偷地去鼓山涌泉寺，谁知道霈和尚早已带领全寺僧人在半山腰山路上迎接他。他十分吃惊，但还要摆摆王爷的威风，趾高气扬地问了一声："哪个是道霈呀？"道霈答道："山僧便是。"耿继茂紧接着又问："你既然叫道霈，那么这个'道'在哪里啊？"道霈答道："道在田中。"耿继茂这下可高兴了，还传说是什么高僧，原来读白字，连道理的"道"和水稻的"稻"都分不清的。于是大喝一声："此道不是那稻。"道霈应声答曰："此田不是那田。"这时候耿继茂仔细一想，坏了，佛家讲"一切唯心造"，这和尚说的心田，可不是那稻田之田。

耿继茂心里还是不服，一路上还想找机会治治这个和尚，到了涌泉寺山门口，他突然停住了马，问身后的道霈："你知道孤家是要进，还是退呢？"他心里想：马缰绳在我手中，你这个和尚怎么知道我要进，还是要退，要是回答退，这更有文章可做了，对当官的人，都是得说加官进爵的，哪里有说退的，只要他说退，我就治他个大不敬之罪！

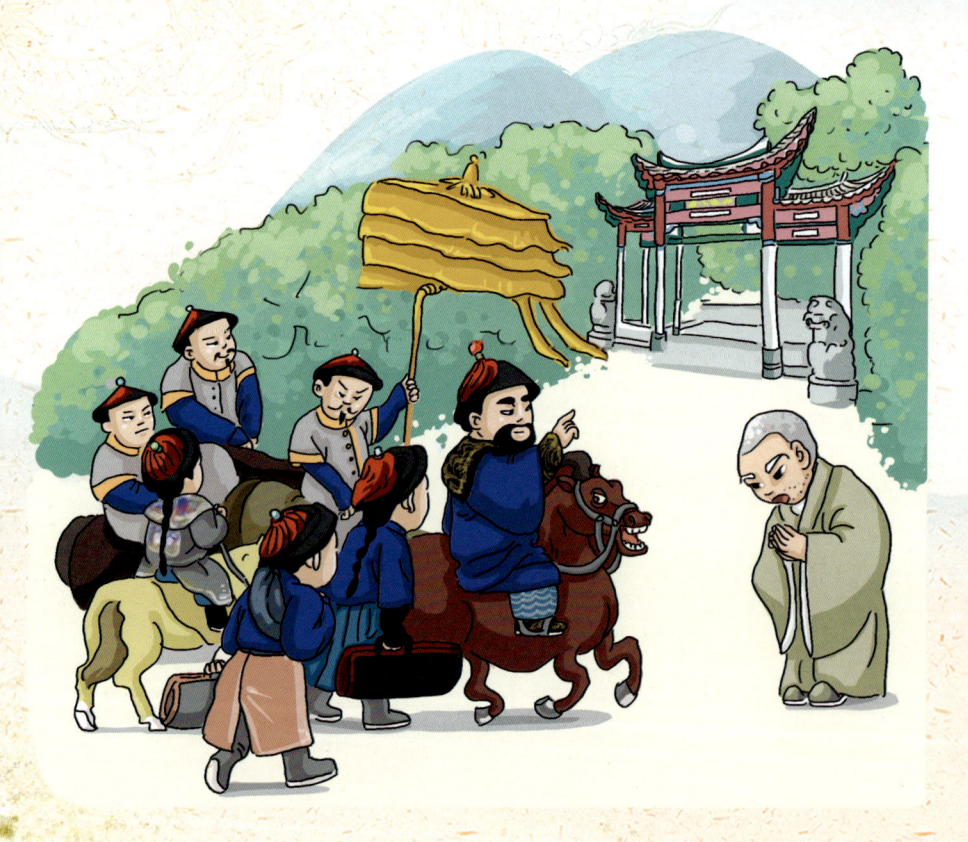

万万想不到，道霈回答他的是一副对联：

"进则凌云登汉，
　退则海阔天高。"

耿继茂一听，这还有什么文章可做呢？人家奉承咱们呢，反正我进也是好，退也是好。

鼓山和尚智斗南靖王耿继茂——《闽都别记》系列故事 №23

进了山门,地上长满了各种各样的青草,耿王一看,机会又来了,就问这是什么草。他心里想,这么多的草,和尚肯定回答不上来。但大师不慌不忙这样回答:"一统万年青。"

耿继茂心想:又输了,这回他不仅奉承我,连大清朝也一块奉承了,这"一统万年青"不就是说我们清朝一统江山,千秋万代吗?如果我要说不是,倒变成我自己犯了欺君谋逆之罪啊。

《闽都别记》系列故事 №23 —— 鼓山和尚智斗南靖王耿继茂

啊,这和尚好厉害!耿王到了寺里,来到了道霈的禅房前,他又打起了歪主意,问道霈:"你夜里有人陪你睡觉吗?"谁都知道,和尚要遵守清规戒律,不管道霈他如何回答,都会使他难堪。

没想到的是,道霈竟然大大方方地说:"有,而且有两位,冬有汤婆子陪,夏有竹夫人伴。"

鼓山和尚智斗南靖王耿继茂——《闽都别记》系列故事 №23

耿王也吃了一惊：好你个道霈，还娶老婆，一娶还娶两个！他连忙命令道："快叫两位夫人来见我。"谁知道，来的不是两个人，而是两件东西，一个取暖圆壶，一个是竹子枕头。耿王见了，也只能尴尬地笑笑："好、好、好，法师果然自在，我们这些当王侯的也比不上你呢！"

在寺里，耿继茂捞不到什么便宜，只好打道回府，从此以后，再也不敢轻视道霈和尚了。

这故事很有趣，是作者汲取了其他的民间故事经艺术加工而成。本文亦参阅了刘新征的文章《〈闽都别记〉让我身边都是故事》改写而成。

《闽都别记》系列故事 №24

诗曰：妾身非织女，夫婿岂牵牛

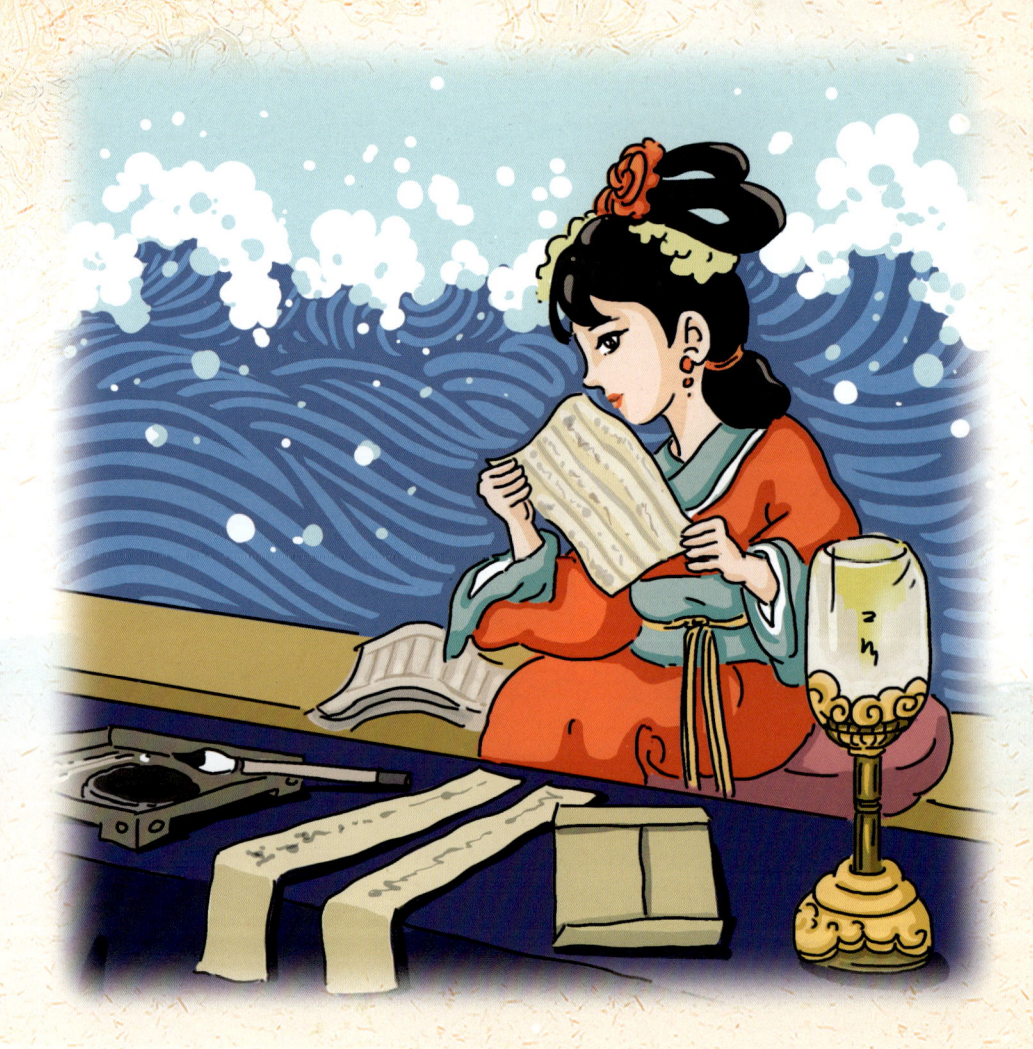

《闽都别记》第二七七回"明县令读诗辩诬盗，敏红桥联句赘乘龙"讲了一位年方十六岁的美少妇，才思敏捷，出口成章，在县衙公堂打官司时，即席作了一首精彩的命题诗，为丈夫洗脱偷盗罪名的故事。

诗曰：妾身非织女，夫婿岂牵牛——《闽都别记》系列故事 №24

福州永福县有一寒儒姓张名谨，后迁居在省城校场边之红桥左旁。他的妻子高氏十五娘，年方二八，才貌俱佳。张谨在黄山郑家教读。将近端午节，家中十五娘望夫放假回家，望至初四方回。十五娘笑问说："有若干束脩（古代给教师的教学酬金）带回？"张谨说："别说了，无奈东家经济紧张，说这钱要推迟到节后再给，再三告穷我不信，挨到今天才回来。"

《闽都别记》系列故事 No24 —— 诗曰：妾身非织女，夫婿岂牵牛

十五娘笑着说："空手回来，明日怎处？"张谨曰："正苦无钱过端午节，如何是好？"说完，叹气出门。一会儿回来，他看见妻子题一首诗于壁上：

蒙正当年水祭灶，
性之画马送神行。
端阳节到无须苦，
水酿葛蒲味自清。

诗曰：妾身非织女，夫婿岂牵牛——《闽都别记》系列故事 №24

张谨看此诗，心终不悦，又赶去黄山讨薪水。谁知东家因讼案拖累，不在家中，至三更无回。他只得黑夜走回来。行至白湖洋中（白湖村一带田野），有人在后牵牛至身旁，将牛索递与之说："麻烦你代牵一刻，我去就来。"欲问何来何往，其人便飞跑而去。张谨乃至诚君子，以既接了，便不敢丢，思站着等他，不知等到何时，且牵且行，那天必会赶来讨牛。

《闽都别记》系列故事 №24 —— 诗曰：妾身非织女，夫婿岂牵牛

　　这样牵至下渡三叉街，忽有数人在后追至。张谨被擒住，惊问何事，他们说："拿偷牛贼！"

　　张谨惊道："我何曾偷牛？"

　　答说："牛现牵在手。"

　　张谨说："这是路上之人交代牵的。"

　　他们说："代牵便是贼伙，且到县堂去辩！"

诗曰：妾身非织女，夫婿岂牵牛——《闽都别记》系列故事 №24

他们将张谨并牛送至县堂。天明，县主讯问，张谨供非贼，路上遇人交与代牵。县主问说："可认得此人么？此人何名？"张谨说："黑暗中看不分明！"县主曰："此说便是汝偷！"张谨曰："斯文焉能为盗？"县主曰："因甚半夜独行？"

张谨将在乡教读，端阳空手回家，因妻题诗，又去索取又无，回来路上遇牵牛之人接牵等情实说。

县主曰："苦寒儒家无钱，被妻题诗，又赶去作贼，明是汝妻迫汝，可念出诗来？"张谨将诗念出，县主照录纸上看了，曰："汝妻诗中有古人穷极，水与画马都可祭灶，端阳何用苦？此诗是汝妻作的？"张谨点头称是。县主即令原差去带十五娘来落实。

《闽都别记》系列故事 №24 ——— 诗曰：妾身非织女，夫婿岂牵牛

二八正风流，家贫不自由。
竹钗斜插鬓，纸扇破遮羞。
洗面盆为镜，梳头水作油。
妾身非织女，夫婿岂牵牛。

十五娘闻信亦惊恐，只荆钗布衣，破纸扇遮面，随至县堂。县主问："何姓氏？几多岁？"高氏答："十六岁。"县主又问："汝夫昨日在学堂空手回家，汝怎作诗迫之为贼，牵人牛？"

十五娘答："因夫交无束脩回来，愁苦不胜，小妇人作解其愁，非是迫之。"县主问："不是迫，可念出原诗？"十五娘念出。县主听了与前同。又问曰："此是汝作的？我却不信。果是，可当堂再作一首？"县主即以"偷牵牛"为题，五言律一首，限"牛"字为韵。十五娘即念：

诗曰：妾身非织女，夫婿岂牵牛——《闽都别记》系列故事 №24

县主未录其半，十五娘八句已吟完。县主惊讶说："有此敏捷，出口便成章！此八句诗胜千言万语之洗冤，不须再讯自明矣！失主应坐诬良为盗之律处治。今且从宽免究，可将原牛赏张谨领回，在审人当堂释放！"

　　此事一扬，无人不称赞红桥高氏十五娘救夫之诗，胜过苏蕙娘之回文锦也。（东晋前秦才女苏蕙被丈夫窦滔遗弃，织锦为"璇玑图"寄滔，锦上织入八百余字，回旋诵读，可成诗数千首。窦滔感动，夫妻终于和好如初。）当然最后案子破了，是失主的侄子所为，失主将其扭送官府了。

《闽都别记》系列故事 No24 —— 诗曰：妾身非织女，夫婿岂牵牛

　　读完这篇故事，笔者评论两点：
　　其一，如果县主单凭十五娘不是织女，那丈夫就不是牵牛偷牛的人，用神话故事作为判案的证据，实有点滑稽可笑。但是这两首诗透露出此家庭虽贫寒，但知书达礼，安贫乐道，是高素质的家庭，根本不具备滋生犯罪的土壤。县主完全是根据大数据断案，虽然不完全准确，但也十不离九。

其二，这个故事中有几个二百多年前的地名，现在我们还能准确地知道是什么地方，例如永福即现在的永泰县，省城校场即现在的五一广场，白湖即现在仓山区的白湖亭。在明代，"白湖亭"确实有一个湖，当然湖水并不是白色的。只因湖中常飞来白鹭，白鹭在湖中戏水，因此被称为"白湖"。附近村民在湖边建了一座小亭，以便观赏白鹭，便称之为"白湖亭"。星移斗转，湖水渐渐干涸，白鹭不再来了，亭子也荒废倒塌了，只留下地名。还有其他的地名竟与现在一模一样，例如，黄山、下渡、三叉街等，这些地名让我们在阅读过程，感觉十分亲切！当然惬意之余还有一丝疑问，就是：女主角家到底住哪里？书中说"省城校场边之红桥左旁"，但附近没有红桥，只有高桥。联系女主角姓高，会不会红桥就是高桥。

于是请教古地名专家睦先生。他说，明代志书里有红桥地名，但不在这里，在府城东南。另外故事发生在明洪武年间，而高桥是清康熙始建的。红桥到底在哪里？这个问题还需我们继续寻找答案。

你见过"猪姆戴金耳坠"吗?

你看见过"猪姆戴金耳坠"吗?福州人形容富婆,就说"伊厝里猪姆都戴金耳坠"。这句俗语典故出自《闽都别记》第四十四回"闽王遇仙募梁入月,靖姑献策剿妖讨金"。它不是一句开玩笑的话,是涉及侦破一起特大诈骗案的重要线索。

为什么是特大诈骗案?因为受骗的并不是普通的平民百姓,而是当时福州最大的官——闽王王审知;被骗的金额也非常巨大,是一根用十足的黄金打造的,重达1000多斤的屋梁。

你见过"猪姆戴金耳坠"吗？——《闽都别记》系列故事 №25

话说八月中秋夜，闽王王审知独坐中庭。因月圆如镜，明如水，赏玩至半夜不舍去睡。这时只见月轮裂开，飞下一人，自称是神仙吕洞宾。仙人说："因月府广寒宫稍坏，奉天帝敕（赐）命督理重修建造。百物俱备，惟缺一条金梁，特来与贤王求募，以全广寒宫之美。万古名传天府不朽，福荫人间无穷矣。"

《闽都别记》系列故事 №25 ——你见过"猪姆戴金耳坠吗"？

王审知说："天帝有命，敢不遵奉？但不知长大几何，求指示之。"仙人曰："长六丈六尺，径大三尺六寸。"又问之曰："有此长大，不只千斤，怎的运得上去？"又答曰："贤王即管制造便是，九月十五夜自拨有仙使来，运上月府不难。请你题上花缘簿，预列金榜。"随即开簿献上，王遂自写上御名，题金梁之尺寸。然后这个自称吕洞宾的仙人遂揖谢，就腾空飞去。

你见过"猪姆戴金耳坠"吗?——《闽都别记》系列故事 №25

　　闽王遂罄库存,兑换十足黄金,赶造屋梁。候至九月十五半夜,众人将黄金屋梁抬至庭中,月窟又坠二物,乃两头白鹤。二鹤向闽王点数下头,一鹤嘴衔梁头,一鹤嘴衔梁尾,二鹤抬千斤之物如抬一根灯草。二鹤衔梁钻入月窟。
　　王先以为此会名动天府,后遂疑之。夜来思之,越来越怀疑,愈悔之不胜。特别有人指出,月中"又无广寒宫","惟吕纯阳点石化金,岂用乞贷于人间? 况人不求仙,仙反求人,其谬可知之"。此时,王审知才恍然大悟,被骗了。他马上通行密札,通知各州县巡检地方官去查访,四处密缉。

《闽都别记》系列故事 №25 —— 你见过"猪姆戴金耳坠吗"?

192

这时罗源刘巡检也接到密札,他的老婆就是鼎鼎大名的陈靖姑,陈安人知道这事,就说,这与前些时候发生的"猪姆戴金耳坠"案件有关。

有一个家住宁德白鹤岭,名叫"忙忙走"的人,平常不做生意,却打造一副金耳坠与母猪戴,还扬言打造一个金猪槽。陈靖姑判断:那妖人落宁德之方向深山之中,此深山唯有白鹤岭,可知此人与妖同伙。于是通知宁德的葛巡检,葛巡检通过"线人",捉拿并审问犯罪嫌疑人"忙忙走"。

你见过"猪姆戴金耳坠"吗？——《闽都别记》系列故事 №25

于是"忙忙走"招供："八年前，那白鹤岭都是荒野，并无人居，未见兴木动作，忽然间出现一座大墙屋。屋中住有个中年道人，带着四个大徒弟等人。穿皆美衣，食皆美味，金银堆积如山。他说自己是白鹤教主，喜静恶繁。他让我在山路口守望，有人进山，即先通报，人、屋一并隐避，便不会被吵扰矣。如果我要用银钱，即管来取。"这样"忙忙走"就盖了茅屋在岭边住下，"将银来娶妻，以种山园为名，实只养猪姆"。

葛巡检笑曰："怪的是，得此美缺，猪姆怕没有金耳坠戴？""忙忙走"还招供：仙鹤是大徒弟变的，近时确有见到一条黄金梁，小徒弟说此堂为金銮殿。

《闽都别记》系列故事 №25 —— 你见过"猪姆戴金耳坠吗"？

葛巡检连夜遣人通知罗源方面并飞报闽王。闽王带葛巡检及官兵来剿妖。大家将屋宇围绕，准备攻之，忽墙内飞出刀剑如雨下，死伤很多官兵。墙内还飞出四只白鹤，向四向墙角啄衔，遂将大墙屋扛抬浮起，腾空上天而渺。

你见过"猪栂戴金耳坠"吗？——《闽都别记》系列故事 №25

闽王见鹤抬屋遁去，自又损伤军士，正在恼恨之间，忽见有一红衣女出现在半空中，她举着剑与道人及四只白鹤交战。这红衣女不是别人，正是罗源刘巡检之妻陈靖姑。一会儿道人及白鹤被陈靖姑斩之。红衣女随至见，闽王愕问之。葛巡检奏曰："这是罗源刘巡检之妻陈靖姑，乃臣之甥女，曾在闾山学过法来。因闻官军至，特来助战灭妖也。"

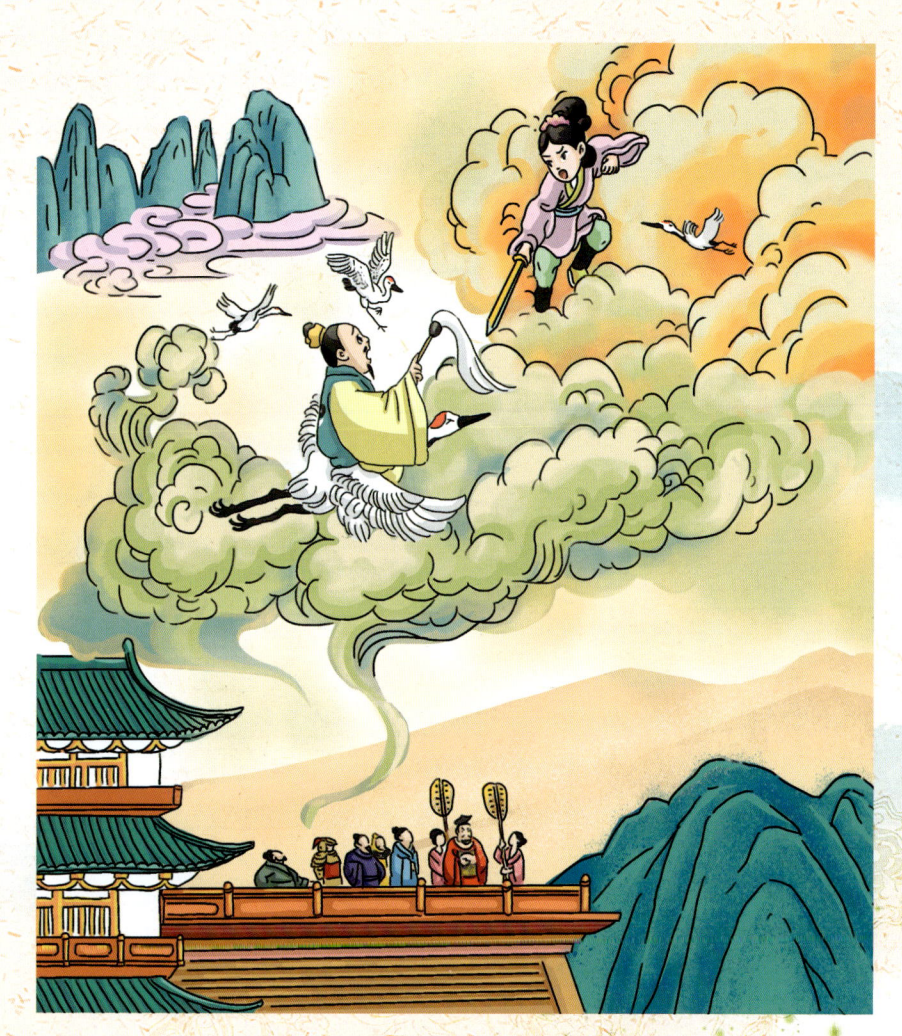

闽王喜曰："孤道是九天玄女下凡来助正灭邪，却原来乃人也。"他查抄了屋内财物，将金梁收回，遂取五万银归库，其他则论功行赏。同时陈靖姑还治好了受伤的军士。

这一起特大诈骗案终于成功告破了。正是：不因猪栂戴耳坠，怎识鹤岭有妖人？

"锅中煮的牛蹄变成了人脚"

《闽都别记》系列故事 №26

如果你听故事讲"锅中煮的牛蹄突然变成了人脚",这情节是不是叫人毛骨悚然?不过不要怕,《闽都别记》当中有许多这样闻所未闻的稀奇神怪故事,当然结尾都是正必压邪。这个故事在《闽都别记》第四十九回"生瑞草牛脚变人脚,讯妖徒假情诱真情",这也是陈靖姑协同夫君办案的第九案。

"锅中煮的牛蹄变成了人脚"——《闽都别记》系列故事 №26

连江有一叫麻庚的人,一日家里"忽然间天井石缝新发出三茎灵芝,各大如盆","人闻之,来看不绝。中间有亲友来看,务必留待。适遇过街挑卖牛肉,麻庚向买牛肉、牛脚。将肉先炒请客吃了,两蹄下到锅中慢慢去蒸"。"落锅未久,有爱偷食之丫头,视无人,掀起锅盖一看",居然发现有"二个小儿脚掌排在锅中"。众皆唬甚,面面相觑。麻庚随至,见而骇曰:"明是两个牛仔蹄落锅煮,怎的变为人脚也?"即将捞起放桌上。外面看灵芝之人皆进看,无不称异。

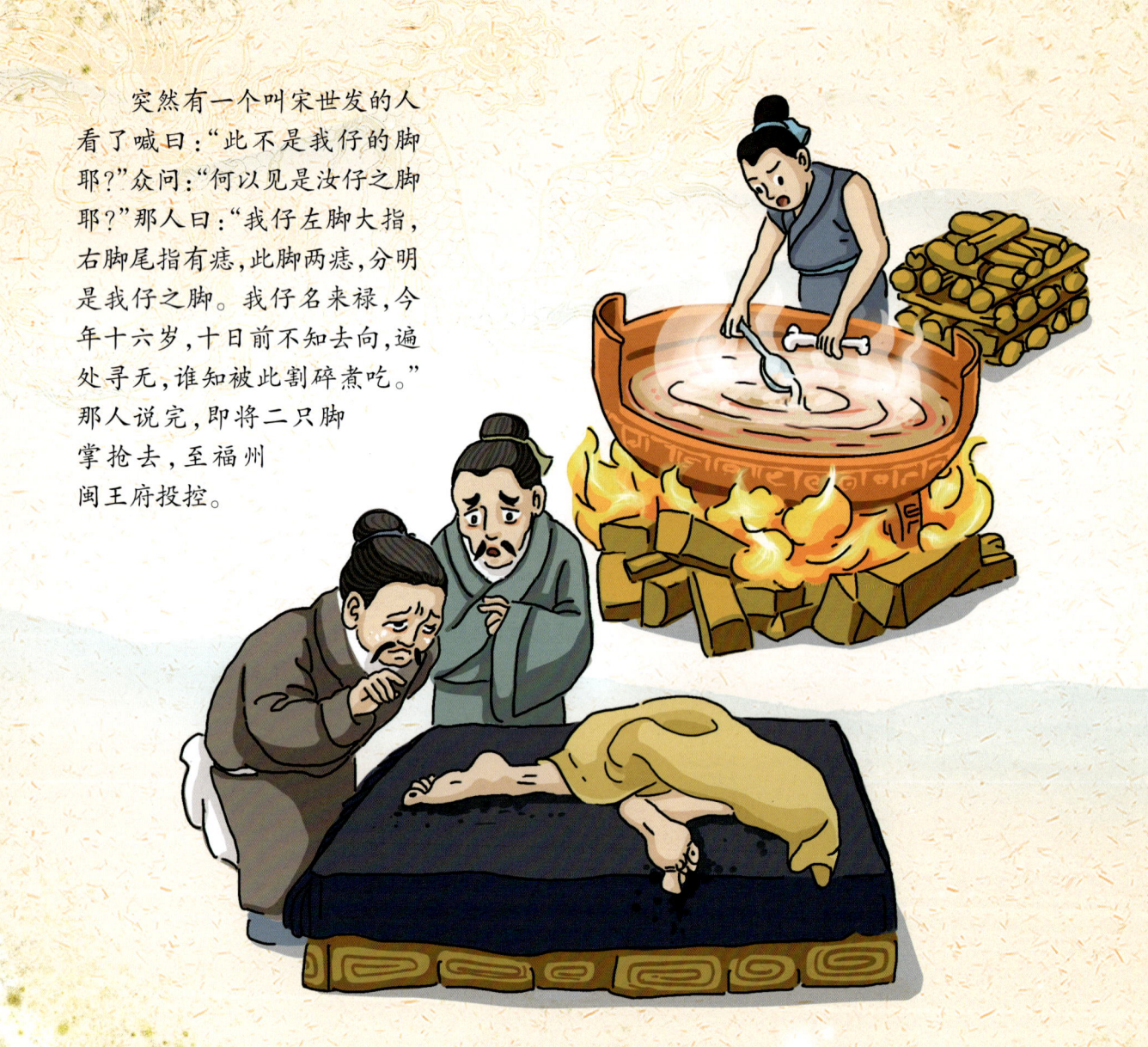

《闽都别记》系列故事 №26 ——"锅中煮的牛蹄变成了人脚"

突然有一个叫宋世发的人看了喊曰:"此不是我仔的脚耶?"众问:"何以见是汝仔之脚耶?"那人曰:"我仔左脚大指,右脚尾指有痣,此脚两痣,分明是我仔之脚。我仔名来禄,今年十六岁,十日前不知去向,遍处寻无,谁知被此割碎煮吃。"那人说完,即将二只脚掌抢去,至福州闽王府投控。

"锅中煮的牛蹄变成了人脚"——《闽都别记》系列故事 №26

闽王即刻捉拿麻庚,连问三堂,皆动严刑,麻庚矢口不移,宁死不肯妄招。问牛肉向何人所买?又供系挑担过街,不识其人。

闽王叹曰:"此正没头公案,非刘巡检讯不出。"遂将人犯又发去罗源讯究拟办矣。

刘巡检接此案,询问苦主宋世发。世发说:"我仔名来禄,十六岁,在宝华岩徐广儒家为学生。""徐广儒乃江西迁来,家有二十余人,皆江西随来的。儿子来禄在他家有年余了。十日前有人来说回家三日,因何不去;小人答未回,同往遍处寻无……"

《闽都别记》系列故事 №26 ——"锅中煮的牛蹄变成了人脚"

刘巡检"遂遣干役去连江,协同该处之公差查访挑卖牛肉之人",查出那天卖牛肉的是一个叫陈五的人。陈五供出这牛是宝华岩徐广儒家的。干役又至连江的宝华岩,诱捕了一个叫双美的徐家徒弟。双美乃供出"徐广儒是白莲教之党伙"。有一日他发现他的美妾在房中洗澡,其学生来禄进去,与之对笑。当时"广儒不言退去,是夜以药弹妾,其妾即变为猪,又以药弹来禄,来禄即变为牛。次日皆卖去与人宰杀"。

这就是恐怖事件"锅中煮的牛蹄变成了人脚"的原因。

"锅中煮的牛蹄变成了人脚"——《闽都别记》系列故事 №26

刘巡检问明了双美的口供,即录供具报王府。闽王接着文报,即拨官兵,亲自督带,连夜赶至连江宝华岩。在抓捕这伙由江西逃匿来的白莲教余党行动当中,陈靖姑立了大功。

第一,陈靖姑得知徐广儒一伙有奇异邪术,就预拨阴兵,在宝华岩防护协拿徐广儒及众徒共二十四人。因有"阴兵防护,术施不行,生翅难飞","个个捆缚,不致走脱,尽拿起解"。

第二,半路上,邪术厉害的徐广儒把三座大山变成人面鸟身的大鹏鸟,两翅展开如大山,一口张开如深洞。"官兵唬甚,驻不敢进,闽王亦骇异,令众兵挥刀枪呐喊攻杀之。"结果冲在前方的士兵"个个皆被巨鸟伸长爪扒进口中,吞入肚内"。这时徐广儒借口灭大鹏,与六个徒弟一起进入大鹏口中。

《闽都别记》系列故事 №26 ——"锅中煮的牛蹄变成了人脚"

众官兵退走数百步,回头望之,见不是大鹏鸟,乃三座大山,当中像鸟身,左右像鸟翼。当中那座山顶有一岩洞,像张开之口,山麓有二株大松柏像两脚。此洞通出外山,有路径,徐广儒与徒弟皆由此遁矣。这是徐广儒以山变鸟,施脱身之法。但陈靖姑有先见之明,知道无阴兵护解,"中途必被走脱。知必又遁","饬令阴兵赶同巡检,由后山而行,可堵获逢途中走脱之犯人,一同防护至王府"。

最后闽王开堂讯问徐广儒以妻变猪,以徒变牛的案情。徐广儒以既发觉,又被阴兵围困,有法难施,有口难捏,只得据实招认。这个案件终于水落石出了。当然徐广儒这伙"白莲教诡邪难逃正法"。

"锅中煮的牛蹄变成了人脚"——《闽都别记》系列故事 №26

为什么《闽都别记》作者要编这样稀奇古怪、恐怖瘆人的故事,拿白莲教说事呢?因为白莲教一千多年来被称为"异端""左道""邪教"的总括,历代它都不被正统社会所接受。

时至今日,白莲教早已荡然无存,但各种邪教依然存在。这并非中国独有,像美国、日本等发达国家也曾深受邪教的毒害。可见邪教问题是一个世界性的难题。现在我们看看街头巷尾反邪教的宣传栏,知道这些反科学的东西并没有完全退出历史舞台,更需要我们提高警惕了!

千年猴精之丹霞大圣

《闽都别记》系列故事 №27

　　福建有许多寺庙道观都供奉猴神猴仙,它们的形象都差不多,但实际上大有不同:一部分供奉的是在《西游记》中帮助师父西天取经的齐天大圣孙悟空;另一部分供奉是我们福州本土的猴精,它叫丹霞大圣,帮助我们福州人除妖降魔,做了很多好事。丹霞大圣是陈靖姑的得力助手,是守护一方的大神,人们还为它建了一座庙,叫"丹霞宫"。

　　丹霞原先是一只好色喜淫的猴王,在《闽都别记》第二十三回至第二十五回等章节中,屡次提到猴精丹霞大圣的故事和传说。

千年猴精之丹霞大圣——《闽都别记》系列故事 №27

话说有一浙江客商杨世昌,其妻沈氏容貌娇美。有一红毛猴精得知后,趁杨世昌外出,变作杨世昌模样进入杨家去蒙骗她,"沈氏不知是假,遂与同衾,那妖无日不对酒作乐"。此时世昌回来,猴精反将真世昌说成假世昌,"拿缚送官究治"。审案老爷将两个杨世昌召来公堂对簿,然而猴精的音容举止与真世昌毫无差异,无法判断孰真孰假。

《闽都别记》系列故事 №27 —— 千年猴精之丹霞大圣

县主怒大想情，拍案甚骂。这时不到的事发生了，猴精又变身成了假老爷。这样"拍案一声变作二声，口骂一声变作二句。堂上现出两个县令并坐，差役愕甚"，这县令大惊，忙吩咐退堂。

千年猴精之丹霞大圣——《闽都别记》系列故事 №27

　　县令只好设一计请来陈靖姑。"靖姑执剑入房，妖不能遁，变一赤毛猴持棒与敌。邪不胜正，奔出房外不见。靖姑放一道神光照之，却是变一大犬，奔不出；令神将捉之，不见。又变一麻雀，飞不能上；又往捉之，却变蛤蟆，伏于地板下，遂获之。仍现出原形，乃赤毛猴。缚而吊之问讯，乃是千年猴精，名丹霞。"

《闽都别记》系列故事 No27 ——千年猴精之丹霞大圣

靖姑将杀丹霞,丹霞哀求曰:"愿归正,乞饶性命。"靖姑曰:"念汝有千年道行,死罪即赐,活罪难饶。"命神将将他阉去淫根,以为淫人妻女之报。猴精要命愿阉,改过自新。神将奉令阉去淫根,放之归山修炼。

千年猴精之丹霞大圣——《闽都别记》系列故事 №27

宿猿洞

以后丹霞在福州乌石山"宿猿洞"修炼,功成后时时听令于陈靖姑,协助陈靖姑制伏夹石精和白蛇精,后因救国难与反军袁广智的阴兵斗法,被闽王王璘封为"丹霞大圣"。封圣后的丹霞亦时常独自显圣佑民,救苦救难,成为人民的保护神。

因为丹霞在民间做了许多善事，后人为了纪念它的功德，还在福州等地建造了"丹霞大圣庙"。在古田临水宫正殿之侧亦有其神像，所供的猴爷正是这位改过从善的丹霞大圣，并非是《西游记》中的孙悟空。

现在福州五四北秀峰路上，有一座古旧庙宇"宝溪境"，是福州的一处古迹，宝溪境祀奉的是临水奶陈靖姑，庙内塑陈靖姑和猴王像，猴王像横幅绣的是"丹霞大圣"四字。村民经常到寺庙求神拜佛，烧香膜拜，祈求逢凶化吉，避难呈祥，驱鬼镇邪，保佑平安。

千年猴精之丹霞大圣——《闽都别记》系列故事 №27

丹霞大圣的原型源于福州乌石山宿猿洞中猴精的传说。据宋《三山志》载，唐代有陈姓隐士在乌石山洞中养猿，隐士走后，其猿却被人们奉为神灵加以祭祀。

清代福州郭白阳《竹间续话》说："乡人祀猴王其中，洞外石壁，三面俱有石刻，南面宋程师孟写的'宿猿洞'三大字（可惜现在找不到）。"《闽都别记》根据福州民间的有关传说，在内容情节方面做了加工，将宿猿洞的猴精美化为丹霞大圣，由此演绎出许多生动的故事。

福州谚语
"是拆五帝庙,还是拆观音堂?"

福州有句谚语:"拆五帝庙起观音堂。"有人说,不对,是"拆观音堂起五帝庙",是形容拆好的去建设次的。还有说与"观音井"地名有关,仓前山北麓原来有一座观音堂,供奉观世音。据说宋末元初,有位将领将观音堂拆掉,改建为五帝庙。后该庙被大火烧毁。

百姓们认为拆观音堂盖五帝庙是"把善的赶走,反祀恶的,欺善怕恶",便自发在大道旁重建观音堂,堂内还有一口井,人称"观音井"。这句谚语也被用于比喻欺善怕恶之人也。

福州谚语"是拆五帝庙,还是拆观音堂?"——《闽都别记》系列故事 №28

　　到底谁对谁非呢？我们先看看《闽都别记》，从第二五〇回"龙潭壑五怪称五帝，吴家庄二妖图二男"到第二五二回"太守判合得螟蛉子，猴怪报恨毁拆浮桥"，书中用了一万多字的篇幅来讲述这个故事。

　　这个故事中的五帝，并不是福州民间传统信仰的五位舍己为人的秀才，而是"五怪"，分别是水猴、水鸟、蛤蚌、鲈鱼、水蛙。此五怪以望北台下龙潭壑为巢穴，"至千年便能变人，出没为害，或迷泄人之津液，或分食死尸之肢体"。

《闽都别记》系列故事 №28 —— 福州谚语"是拆五帝庙,还是拆观音堂?"

这五怪"同变为五通神,脸分五色,惟中多一眼,衣亦穿五色,皆戴金冠,时常出游于江面或现于岸旁"。人们以为他们是五方之五帝下降,行灾布病,不论有病无病,无不备大礼仪祭禳。遂于江滨建五帝庙,其香火甚旺,祭祀不断。

南台下杭街有一人叫吴瑞,吴瑞之妻柳氏,同胎生下两子,长名世瑚,次名世琏。柳氏有妹嫁于西河沈家,亦同月生下一胎两女,长女名金,次女名玉。遂以二家之子女结成婚姻,幼时俱生得清秀。

福州谚语"是拆五帝庙,还是拆观音堂?"——《闽都别记》系列故事 №28

沈家二女七八岁出痘疹,变坏面貌。其姐斜眼,其妹凹鼻,面俱大麻。因见其二家子女已长,吴瑞即择日同娶其姐妹过门。二顶花轿扛至台江道头下船,去西河接亲。船上人议论:"这一双姐妹,生得奇形怪状。新郎二兄弟如花似玉,人才皆称为一对潘安。此亲事不是早几年都娶来了,因二兄弟闻她丑貌,因此未娶过门,父母无奈之何。此回被人哄骗丑忽变美,始来娶之。"

《闽都别记》系列故事 №28 —— 福州谚语"是拆五帝庙,还是拆观音堂?"

这些话被那躲在船旁的猴怪听到。他想,两个少年美貌如此,我难遇一个,若不乘机去迷弄取乐,更待何时?遂与蚌怪商议,二人各分一个,岂不是好?至次日黎明,船渡新人至半江,猴、蚌二怪将沈家二姐妹拽至大山洞丛草中间存着,二怪遂变作二美女,分坐二轿内,人皆不知。由船登岸,抬至吴家。

新郎家众亲戚揭起新娘的盖头来同大家看看,只见一对嫦娥下降,众皆欢喜。惟其母柳氏异而问曰:"我去年冬间曾到汝家中,见汝二人哪是这样?怎么到我家中变成这等美貌?"

二女答曰:"奴二人原是丑陋,今日上船仍是如此,至渡半江,在轿内梦中有神圣空中言曰:'上帝念汝二人忠华,这般丑陋难配才郎,特与汝二人丑变为美,方可到吴家成就百年伉俪。'"

福州谚语"是拆五帝庙,还是拆观音堂?"——《闽都别记》系列故事 №28

当下二兄弟看了,不胜欢喜,果然绝色盖世。正欲穿衣拜堂,其父吴瑞阻曰:"且慢!俟明日来拜未迟。"诸亲问何故,吴瑞曰:"人之面貌父母生成,岂能更改,中间必有缘故。查了明白,再来拜堂未迟。"

《闽都别记》系列故事 №28 —— 福州谚语"是拆五帝庙,还是拆观音堂?"

吴瑞疑惑。他来到江边五帝庙,将情由祷告一番,或是逢神换貌,或是路上被妖怪诈冒,乞赐一灵签判断。签中云:"奇奇怪怪不必惊,举头三尺有神明。善人自有善人报,作恶上天岂顺从。"

吴瑞认为:"奇怪之妖孽不必惊怕,自有神明相救,善恶自有善恶之报,此等作恶妖孽,天岂容之?三尺者三日也。五帝庙明说不可成亲,待三日后有神来救。"

过了三日,吴瑞见无变异,令子沐浴出来拜堂。二兄弟出见,众人却发现他俩的面貌忽变作似前日二女之面孔,目斜鼻凹,面上大麻如苦瓜。众共骇然。

福州谚语"是拆五帝庙,还是拆观音堂?"——《闽都别记》系列故事 №28

众人问曰："你兄弟乃白面书生,如何变出此脸面?"二人同曰："我二人在房洗澡,忽有金甲神人出现曰：'汝二人乃是短命之相,成亲三日后必死。今与汝换去短命之相,可与美貌妻子同谐到老。'言毕,将手向我面上一搓,神又曰：'今既换长命之相,叫众不用惊异。'"

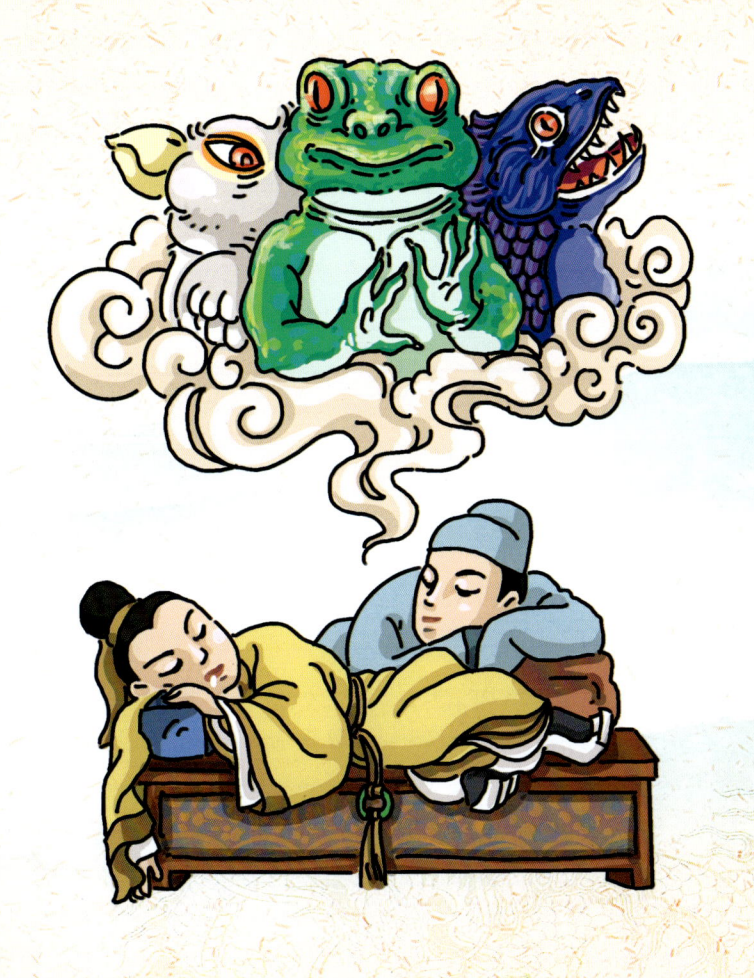

大家可知二兄弟改面之由么?因吴瑞来五帝庙祷告情由,问签。蛙精、鱼精、鸟精知道了猴、蚌二怪诈冒新娘,要迷二兄弟,对它们胡行感到不满。幸喜吴家生疑,未遂其成亲。于是鱼精、鸟精变二兄弟去搅扰。正值两兄弟出来拜堂之时,它们将二兄弟迷拽他处,以保二兄弟不致被迷。

《闽都别记》系列故事 №28 —— 福州谚语"是拆五帝庙,还是拆观音堂?"

  吴家众口议论,各无主意。这时,来了一个万寿寺的和尚,他判断,现在四个新人俱是妖怪。吴瑞被和尚点拨而醒悟,立即拨诸亲戚分路寻讨儿子与儿媳。须臾,四人在天皇山下已寻着,二子二女同在一处,皆如死的一般。抬回家,饮了姜汤略苏。此后在太守的教育帮助下,二子不弃丑妇,"大堂上铺设花烛,与二对夫妻拜堂。礼毕,令同回家,是夜共谐鸾凤",以后保家和乐,事事顺意。

  为了感激五帝庙抽签有灵应,大家新建五帝庙答谢之。旧庙窄小,在于江边,常遭大水漂没。另择在天宁山旁观音堂左侧墙体外侧搭盖一座新庙。次日发现准备搭盖的木料拆卸江边,于是工匠们将五福大帝之中梁架于观音堂脊顶。

福州谚语"是拆五帝庙,还是拆观音堂?" ——《闽都别记》系列故事 №28

他们认为:神明不要在观音堂外侧搭盖,要正堂为大殿。于是将观音金身暂寄天宁寺大殿之上,把观音堂拆去为五帝庙。完竣后再去东边山下井旁另建观音堂,以悦五帝之心意。所谓"拆观音堂起五帝庙"之俗语,即由此起也。

结论:不论是"拆五帝庙起观音亭",还是"拆观音堂起五帝庙",这两个福州谚语都是对的,只不过是它们出自不同的故事罢了。

《闽都别记》系列故事 №29

"投魂蛤蟆来报仇"

古今中外文学作品,描写婆媳之争,婆媳相互加害的故事屡见不鲜,关于"翁婿矛盾"则比较少见,而老丈人直接动手谋害女婿的案件,应该是极为罕见的。

这故事来自《闽都别记》第三十七回"狠黄甫见财忘义,俏辛喜奸女通风"和第三十八回"黄罕控父假魂投,蛤蟆作夫因梦见",最终幸好遇陈靖姑协助刘巡检妥当判案,才有完满的结局。

"投魂蛤蟆来报仇"——《闽都别记》系列故事 №29

罗源有一人叫危而亨，老婆叫黄罕，生有一男一女，尚幼。（注：有关陈靖姑协助判案的故事，多发生在罗源，因其先生刘杞是罗源的巡检）危而亨在浙江宁波与人合伙开杉木行。带三千余银来福州贩买杉木。他至码头搭船，经过福州，但两月无回。

"伙计疑甚，使人先至罗源家探问，未至。又到福州各木行查之，皆无。因遍查无踪，只得回去宁波告知。"伙计惊甚，即自至码头查问。船户说，危老板某日来搭船，至某处盘搭别船离去。又问可知盘搭何船，船户答只说是乡亲之船。伙计认定他被贼劫。

可怜罗源黄罕得知丈夫无踪,想被劫连命都无,哭得惨不胜言。列位看官知危而亨被何人劫去?原来却是危而亨的岳丈黄甫。

危而亨之岳丈黄甫,妻死无男,只一女嫁与危而亨。他驶船往来浙江温州、台州等处,代人运载货物。这次空驶回至温州洋面,遇着他的女婿危而亨,问知回福州来置货。令其盘搭自船稳便。

万万想不到,黄甫见财忘义,遂起不良之心,顾不得什么"女婿半子儿"之情。船驶二日,停泊僻静的港湾后,黄甫令水手去山上砍柴。他侦而亨至船旁小解,推其落水。但而亨识有水性,能泅水至山边,黄甫取竹篙把他捅开。又泅拢,又捅开,如是数次,危而亨遂流不见矣。

"投魂蛤蟆来报仇"——《闽都别记》系列故事 №29

　　以后航程中黄甫捞起一个落水的人,他叫辛喜,才十八岁,有秀色。"黄甫甚喜,寝食不离,宛如夫妇。"(这其实就是古代的同性恋,所谓喜好"男风",古来有之)黄甫还用谋害女婿得来的银两,改业开个杂货店,让辛喜管理。

　　不过,还算他还有点良心,安排黄罕母子三人到他的杂货店。自此黄甫将店务交与辛喜,家务交与黄罕,内外倒也和谐。

《闽都别记》系列故事 №29 ——"投魂蛤蟆来报仇"

　　有一年,五六月久雨,水涨至天井中,有一大蛤蟆被浸,浮洇欲上阶来,被小孩用竹竿捅开。又洇至阶,又捅开,数次作玩。黄甫同辛喜亦在,看见,黄甫触景生情曰:"我昔亦如此行为过来,今见其情形,不胜惭愧。"

　　晚上,黄甫在辛喜追问下,"遂将见财忘义,推女婿落水,洇至山旁,以竹篙捅离之"说了一遍。

次夜,黄甫被客请去喝酒,辛喜睡之半夜,推入黄罕房中,见黄罕仰卧如死,心动难支,遂偷狎之。黄罕便醒欲喊,辛喜惊恐,不得已将黄甫谋财害婿之事情告之。黄罕闻说夫被害死,惨不可言。次早,黄罕蓬头散发,垢面赤足,手执木棍,睁开两眼喊曰:"我被推落海时,被竹篙捅之,变为蛤蟆回来,犹把竹竿捅致命。"

自此，黄罕见父面便把父打，走出街坊，亦追出打之。黄罕无日不赶打其父，乡邻不知其故，皆以为不孝之女。适巡检排道经过，乡邻遂将黄罕打父等情禀知巡检。刘巡检令带父女回衙讯究。

刘巡检坐堂，讯问黄罕。黄罕答曰："我是女婿危而亨，在宁波开杉木行，带银回来福州贩杉木。搭船至温州，看妻父黄甫空船回来，盘搭他船回来稳当。"

"投魂蛤蟆来报仇"——《闽都别记》系列故事 №29

"行二日湾泊僻处,起不良之心推落海中。我颇能泅水,泅至山边,被他以竹篙捅离。又泅至近岸,又被他捅离数次,至沉浸坏命。我死不甘休,魂变一蛤蟆回来看妻子……"

刘巡检遂问黄甫。黄甫跪在地下闻女诉说实有是事,浑身魂不附体,只得供认不讳。

随即退堂,刘巡检将各供词与陈安人看。陈安人即大名鼎鼎的陈靖姑。

《闽都别记》系列故事 №29 ——"投魂蛤蟆来报仇"

原来大堂后屏全是竹帘隔着,内看得外,外不能看到内。有审事时,陈安人皆在帘内观看。她见了问答情形,又见口供,提出判案意见。

归纳为如下三点:

第一,翁害婿命是真,魂投妻身是假。黄罕知道内情后,不便女讨父仇,假装夫魂附体。黄甫既招认了,可知人惊鬼,以为"投魂蛤蟆来报仇"。

第二,若将此供情详至王府,黄甫必照谋财害命律斩首示众。考虑到危而亨可能遇救未死,将来必回。而且黄甫接女并孙来主店,便是知悔,杀却不忍,可将收禁牢内。待而亨回来,可放出黄甫。

"投魂蛤蟆来报仇"——《闽都别记》系列故事 №29

第三,这通风与黄甫,必是店中黄甫知己之人。如究出通风之情,又多一奸情拖累。只可唤来密问,便知详细,不须明治。

刘巡检听了连称有理。

最后事实证明陈靖姑的判案是非常正确的。

首先,她断定"投魂蛤蟆来替丈夫报仇"是假的。以后黄罕的确人也正常,也不装神弄鬼了。其次,她估计危而亨死不见尸,可能遇救。后来危而亨的确生还了,这样避免黄甫被判死刑,保存了这个完整的家。最后,秘密审问辛喜,免得节外生枝。此举的确保全了家庭的安静!

"投魂蛤蟆来报仇"这是陈靖姑断案的十二个案例之二。

"死人会放屁"是一句回魂吉言

《闽都别记》系列故事 №30

"死人会放屁"是福州一句骂人话。对那些蛮横的人最后还要无理狡辩的时候,人们才会说出这样狠话。过去在福州街头巷尾会听到这样相骂声:"你这女界,死的都会讲活,你是死人放臭屁,知道吗!"

其实这句话出自《闽都别记》第四十三回"批互投控停两尸首,问半天仙灭奇楠精"。在这故事中,这句话的本意是人起死回生的征兆,是一句吉言!

"死人会放屁"是一句回魂吉言——《闽都别记》系列故事 №30

罗源县有一桑家,新娶媳妇归宁后转回夫家,至半路万古山地方,新妇下轿小解,许久未见出。去接之人皆男无女,未便去看,惟在外视之。半时,新妇方出,无言就入轿内。人皆以为腹泻才俟许久,亦不便问,又抬而行。到家,新妇不食夜膳,即牵着新婿闭门而睡。

《闽都别记》系列故事 №30 ——"死人会放屁"是一句回魂吉言

至次早,日出半壁,门犹紧闭。家中人笑之曰:"日上三竿犹是梦,雪深三尺不知寒。"因敲门无应,异甚。即撬开窗户,突有一大白鹰由房中飞去,进去看无新人,只有新婿,浑身雪白,僵死床中。

去查问,上轿无异,惟抬至万古山,自入林内小解,许久方出,遂直抬至家中,并无再歇别处。其父兄即带人众去万古山石林内查寻,遂寻着新妇亦死在林下。女之父兄亦赶至,以女被夫家使人杀死,尸丢林内,去巡检衙门控告。男之父兄以子被媳妇杀死床上,媳妇逃至万古山,不知被何人所杀,亦投告巡检衙门。刘巡检即坐堂讯问,认为二尸雪白如是,若是人杀死,何无伤痕?彼此皆是妄控,不准。

"死人会放屁"是一句回魂吉言——《闽都别记》系列故事 №30

有人说:"人杀人,官便有法处之;妖杀人,官奈之何也?"还不赶紧求衙内陈安人灭妖雪恨。

衙内家人曰:"我家安人早已去收妖救民。惟临行吩咐将女尸抬回,排放男尸床上,三日内无肠风出,收停之。有肠风出,且慢收停。"二家之父兄即去抬回女尸,与男尸排放一床,皆哭曰:"二个已死一日二夜,真臭味皆出也,哪来死人还有屁放。"又待至三日,尸共停至五日。时尚炎暑,那臭味至数间屋,此时不得不收。正在抬扛入棺,二尸忽放起屁来,如吹喇叭,扛抬之人冲倒,尸仍丢在床,众人皆跑走出户,共讶曰:"果死人有放屁,奇甚!"停有一会儿,人又进屋,便不再有臭味,更异甚。却原来二尸之臭气皆收内腑,化为屁放,始无臭矣。诸亲皆喜有望,又停放之。

《闽都别记》系列故事 №30 ——"死人会放屁"是一句回魂吉言

236

　　陈安人察访明白,万古山有妖怪,即带法宝赶至万古山,扮装作新人模样进入丛林。原来那妖奇异甚,常隐在林中。瞥见美少女至,便变为美少男迷之;有美男至,便变女迷之;惟前日之新妇遂意,新郎亦美,始变幻并害之也。今见陈安人浓妆,喜甚,即变为美少男来拢之。

"死人会放屁"是一句回魂吉言——《闽都别记》系列故事 №30

将近身,被陈安人化一捆妖绳丢来缚之,妖忽不见。突出一蓬鬼,手执钢叉杀至,安人拔剑与战,妖将却。又突出一黑豹咆哮扑来,又将化绳捆之,又不见。又突出一八臂哪吒,手执利器,掩杀来。安人脚踏腾空轮滚杀过去,妖复变为美少男败逃。有一株空身大榕树,妖逃钻入树腹里,化道青气,由树梢冲云霄。

《闽都别记》系列故事 №30 ——"死人会放屁"是一句回魂吉言

人说:"千年之松出茯苓,千年之榕出奇楠。"原来这妖怪乃万古山大榕树根所化奇楠之精,善食少美男女之精血,补己之丰采。于是靖姑发三昧真火由空心树根攻入。奇楠怎堪三昧火,顷刻延及,由地爆出,震声如雷。靖姑一看此奇楠非寻常,乃人身,即初遇美少年,僵而不动。安人又放三昧火焚之,其异香闻至数里皆嗅见。

"死人会放屁"是一句回魂吉言——《闽都别记》系列故事 №30

陈安人回至停尸家中,先将二尸喷净,遂踏罡步斗,施法炼度,须臾夫妻并活。两姓之父母不胜感激再造重生大德,诸男女跪拜于地。却原来陈安人暗拨神将来护尸,莫与入棺,故死人才有屁放也。此乃陈靖姑协助刘巡检办之第五案也。

《闽都别记》系列故事 №31

福州俗语故事"拿宝不居财"

如果到手的钱财,在很短时间内又没了,这种情况,福州话叫做"不居财",意思是说一个人存不住钱,不会发财。这句话常用来自嘲或议论他人。

"拿宝不居财"的故事在民间广为流传。现在河东及福州各境的大王庙内,左边立的执旗者就是拿宝。因为传说拿宝显灵能除妖抗疫,所以被百姓当作神来崇拜。

拿宝姓曾,是闽江边打渔人,他有一弟弟叫楚宝。

福州俗语故事"拿宝不居财"——《闽都别记》系列故事 №31

在《闽都别记》第二二二回"鸟报信石峡救虎奶,禽友人拿宝不居财"到第二二六回"述昔无疆徒闽建国,说古王妹生犬解围"中,记载了拿宝"不居财"的三个故事。

第一个故事。拿宝家飞来一只会说话的小鸟,一天拿宝正欲去捕鱼,小鸟说:"拿宝拿宝,脱去破袄。鱼聚浦尾,带篓去讨。"这是告诉拿宝,在小河湾的尽处可以捕到许多鱼!

拿宝听了这话就带篓去浦尾,下水摸捉。果然鱼都聚集在那里,他抓了满满一篓鱼,卖了六七百文钱。拿宝十分高兴,认为自己时来运转了,但小鸟却说:"且慢时来运来,只恐拿宝不居财。"

《闽都别记》系列故事 №31 —— 福州俗语故事"拿宝不居财"

果不其然,拿宝认为平常卖鱼只有几十文钱,还不够买米、柴,今天钱这么充足,应该去赌一把,赚钱更多。于是晚饭后,拿宝带钱去赌场,到天亮都输完了,又脱了身上衣服,一起输个精光,光着身子回家,只好躲在被窝里取暖。拿宝没衣服穿,不能去讨鱼,全家已饿二日。那鸟说:"拿宝不居财,教好反成呆。"意思是拿宝不会留住钱财,我教他捕到鱼,做了好事,反而害了他成了坏事!

第二个故事。那鸟又告诉拿宝：土地庙内椅有宝贝，取回便发财。拿宝叫他弟弟楚宝去拿，结果只找到一枚"呆钱瘩"（毁损或掺杂造假的铜钱，难以使用），楚宝拿这呆钱瘩跟几个小孩下赌注，赢八文钱。八文可买米半升来止饥。拿宝说："只得止饥，冷又难过，先拿二个去买炭，六个买米。"

楚宝上街去买炭，许多店铺都没有，只有一间店有卖，但不肯卖零碎，要卖原装的一整篓。枕头大五斤重一篓只卖八文。楚宝想："各处都没有，此店不肯拆卖，不管他，当做没赢过这八文钱，先买来御寒，再做主张。"就付与八文钱买了一篓。回家说明无拆卖之故，钱都拿去买了炭，拿宝也没有办法。

那鸟对楚宝说:"昨夜取来的那椅上呆钱瘡是宝贝,惟此呆钱瘡可引千金。现在已经开始引了,须再去引,便足千金。若不信,将此炭篓倒之便见。"楚宝马上将炭篓倒出炭来,当中坠落一锭略重五两白银。拿宝看见,顾不得赤身,下床拾着,果然是银,十分高兴,问:"怎的炭篓内有银?"

鸟说:"拿宝不居财,不可摸,快去睡!此是楚宝的财,快拿去换钱,买柴米来煮食止饥,再赎衣服穿了,慢慢来说。"

楚宝马上拿去换钱,买了柴米,取赎拿宝衣服,大家吃了饭,问此银来历,鸟说:"财宝未归家,且慢说。二兄弟同去,将那店楼上二百篓炭尽数买回来了,才稳当。"

福州俗语故事"拿宝不居财"——《闽都别记》系列故事 №31

于是兄弟俩以每篓七文半的价格，将炭店里的二百篓炭全部买下，门关紧，将篓都倒下，每篓皆有银五两，共得银九百九十五两。两兄弟喜之欲狂，问乌："何故将银装于炭篓？"乌开始说："此炭店许姓，有兄在建州开行户。彼时盗贼蜂起劫掠，其兄有千金，不敢明寄，分存二百炭篓中，家书恐人偷拆看，亦不敢写明，只写：'此炭到家不可就卖，待我回来分发。'结果许家之兄遭兵灾被杀戮，至今有十余年无回信，所以他们不知炭篓的秘密，现在尽数卖去。"

那乌还说："那千金是许某用诈赌的赌具进行赌博，用计骗来的，寄到家自不能享用，必定留等有福之人得之。"还说："拿宝头尖不聚财，楚宝福大可引得来。"拿宝自愧不聚财，福是弟的，千金都付与弟掌管，自愿听之调遣。为此拿宝娶了妻，又修整了屋宇。

后来，楚宝去了外地，将家财交与拿宝掌管。却突然发生火灾，家产全被烧光，还延及邻居，拿宝将田产变卖了赔偿，还不够，只得将火烧之屋地凑赔，一贫如洗，无家可归。妻回娘家，他又挪借本钱，开油烛店，又赔精光。总之，财产不是被盗窃，就是被火烧，拿宝想："果然拿宝不居财。"

《闽都别记》系列故事 №31 —— 福州俗语故事"拿宝不居财"

　　第三个故事。于是拿宝看破了,买小舟并渔网沿江捕鱼度日,夜则沽酒独酌。只是无忧自得,不可积有余钱;若有余积,即腹痛头眩,至将余积用完便好。因此,拿宝一日讨鱼敷一日使费即罢,不要多讨,果然无病。白天吃了便睡,夜间有月,即坐船头,把酒配鱼,自唱自酌,诚快乐也。

　　一日,他偶然救了一只老獭。老獭三番五次衔大鱼来送给他。拿宝喊道:"自讨还食不了,谁要你拖来?君子施恩不望报,快拖去!"拿宝将鱼丢入江中,对老獭说:"我命里不居财,何用汝报答?"老獭这才离去。

福州俗语故事"拿宝不居财"——《闽都别记》系列故事 №31

这日拿宝上岸卖鱼,听闻一件事:新任本郡太守,许姓,奉旨巡察外州县。前日船至水口被岩石撞破,所有行李尽行落水,雇人入水摸捞,诸物皆获,惟一个木匣,内装金印一颗,上方宝剑一把,遍寻都没找到。命官没有这两件东西,是不行的。现出赏格,有人捞得此匣者,赏之千金。该太守驻在水口等候未去,并无一人捞着。

其实,这木匣一落水,半浮半沉,流至小箬,被水洄漩,落于深潭,含于潭缝。老獭将其搜寻拖出,交给了拿宝。第二天,拿宝将船撑至水口道头,抱木匣至公馆,投报:"捞获黄绫包匣,特来通报。"

许太守甚喜,问:"何姓名?在何处捞获?"

《闽都别记》系列故事 №31 —— 福州俗语故事"拿宝不居财"

遂答:"姓曾名拿宝。昨夜在闽清口举网打鱼,打在网内。看黄绫包,不敢开看内存何物,原包送来察验。"

太守大喜,即令赏予千金,拿宝辞曰:"小人并不是贪图重赏特意寻捞,不过顺网,无甚功劳,分毫不敢受赏。"言讫,即便退出。

太守不解,拿宝解释说:"实不相瞒,小人命里不居财,如存蓄大财,则遭大破,小财则遭小破,平素皆如此。故看破,才落烟波作渔者,随讨随食,方得无灾无破。今若无功受赏,回去连命皆休,故不敢领受。"

福州俗语故事"拿宝不居财"——《闽都别记》系列故事 №31

于是太守就提拔拿宝做执令太保六品之官。自此,拿宝不敢再辞却,当官后衣食皆有内外供给。有坐堂的时候,即执旗、金宣召,一呼百诺。无坐堂,还有外州县来禀见,皆由他进报,皆有礼金。大官送大锭,小官送小锭,但是拿宝都不收。无事时,房中饮酒,都有人服侍,捧菜斟酒。不时内衙唤入陪宴,日子过得十分舒坦。

这一段就是十分出名的"水獭报恩拖赠剑印,拿宝辞赏受官旗金"的故事,但事情并未结束。

《闽都别记》系列故事 №31 —— 福州俗语故事"拿宝不居财"

拿宝自己荣耀,犹庇及外家,将大、小舅引荐为科房。又有一小舅子,年初十六七,多在其姐夫身边。因拿宝多在内衙,忙时命他执旗、金代替职务。所有要给守门人送红包,规例馈送以及打关节,都是他在外领受。随得随运回,交与其姐,开一间大油行。拿宝少回家,尽不知道。这样过了近三年,拿宝才发现这事情的严重性,因为虽然这些财产是妻弟赚的,但毕竟是靠他的名声。拿宝回衙后,即辞去妻弟的职务,并在门前贴告示,不许再送礼,违者拿究。

福州俗语故事"拿宝不居财"——《闽都别记》系列故事 №31

这时又一件事发生了。许太守莅任三年已满,他发现三清殿的长明灯,白天油皆添满,到了半夜油干火熄。有人报告,夜静时候,有两个大白老鼠来来去去来偷盗。民间传说白老鼠能预示存宝的出现,于是大家将此事报告执令太保拿宝。拿宝发现老鼠在冶山下官街后小阜丛草中出入。穴有白鼠出现,是宝存窖无疑。许太守亲自看了说:"且开看,是妖除之,是墓重封,是宝与民共之。"

《闽都别记》系列故事 №31 ——福州俗语故事"拿宝不居财"

于是召集工匠挖去沙土，发现有阶级，下去撬开石门，里面是很亮的石室。拿宝带太守进去看，是古墓圹。中间二部棺柩悬着，只排设石几、瓦炉瓶。墓牌立于圹内，写"开闽王陵"，旁书乃战国时年号。案前有一个上了釉的缸半埋土中，缸内一枝长明灯照耀圹内辉煌，甚是奇异。

又看缸中的油已将至缸底，只有四五寸，再点数日就要干了。缸边有两个白石琢成老鼠，皆空心，口有油迹。方知缸中油将干，此二鼠由后壁孔出去盗油来接照。

但看旁一砖写着字，乃是："许悠许悠，开我坟墓，罚你添油。"太守看了胆战心惊。拿宝又见旁一砖，也有写字，乃是："拿宝拿宝，功夺獭姆。罚你添油，财免别破。"

福州俗语故事"拿宝不居财"——《闽都别记》系列故事 №31

太守看了说:"缸中油罚我添,还要罚汝帮添也。"拿宝笑说:"此一缸不过贮得二大担,就三四担何妨!我前日回转家中去看,茶油略有千余担,添三四担,如牛身拔一毛,哪用老爷再添!"拿宝叫人去自家油行挑油三担,带入墓内,将油倒下缸。两担不满,再添入一担,仍不满,又挑油七担尽倾入,又不满,只半缸。一会儿连挑不绝,添至五百余担,也只半缸。挑七千担还未满。拿宝已经破财四千余两。于是许太守令买办在别家油行即管挑来,直添至五六日,仍不满。至此油又已添去五千余担,各处油行皆买尽,百姓无油炒菜、抹头。许太守欲罢不能,只得差人去外州县买来凑添。

这油流到那里呢?据另一民间故事,这油通过地底下的暗流,流到城外,在南台龙岭的南麓流出,现该处仍有地名"油巷下"。

《闽都别记》系列故事 №31 —— 福州俗语故事"拿宝不居财"

最后,高人指点要解决这问题必须闭城,第二天,太守下令关闭福州的七个城门,城门一关添油就满。许太守致祭毕,令工匠合门封圹,恢复原迹!最后,拿宝解释了砖上遗谶:"拿宝拿宝,功夺獭姆。罚你添油,财免别破。"他将救獭之情由,并獭拖鱼,他走避了,獭又至寻,拖来剑印匣赠领赏呈献,骗说自己撒网顺得,不受赏等情,说了一遍。还解释道,自己授官、拔擢、赚银,把獭之功化为乌有,故谶以夺罚添油,用此夺字。

福州俗语故事"拿宝不居财"——《闽都别记》系列故事 №31

　　福州俗语"拿宝不居财"的故事，表面上讲拿宝生活上厄运连连，与钱财无缘，有着"命里有时终须有，命里无时莫强求"的宿命论，其实我们分析这三个故事，就不难发现拿宝不居财原因与拿宝本身的所做所为有密切关系。

　　第一个故事，拿宝是因为赌博失财。福州有谚语："十赌九输，十赌九穷！"拿宝赌钱输个精光，光着身子回家，这是必然的。

《闽都别记》系列故事 №31 —— 福州俗语故事"拿宝不居财"

第二个故事,拿宝做生意的本钱是不义之财。俗语说"别人的肉怎么会长在自己身上",比喻贪占别人的东西,终久要招惹灾祸与麻烦。《闽都别记》第三七六回"贤妻劝夫银舍四百,恶妇看戏殃及一家",也讲道:"此乃不义之财,及早送还。留在家中,不招灾惹祸,亦自生病痛。"

福州俗语故事"拿宝不居财"——《闽都别记》系列故事 №31

第三个故事的原因更明显了，正如谶语所说的"功夺獭姆"。拿宝赔了四千余两油钱，正是因为拿宝说假话，贪獭姆之功为己有。殊不知，世间万物都是大道运化，都是因缘和合的，冥冥之中有正义之手在惩治拿宝的不法的行为。

总之，正如古训说的"君子爱财，取之有道，视之有度，用之有节"。

《闽都别记》系列故事 №32　　郑唐巧改对联，得银四百两

郑唐是个写对联的高手。《闽都别记》第二八三回"正德微行鳌山拆卸，郑唐诙谐官豪贿徇"，讲述郑唐巧改对联的故事。

有一日，郑唐同四个寒儒朋友去看院考发榜，由东街经过，有一个姓吴的绅士，房屋修整既竣，厢门大开，与人观看。大厅正屏柱挂一副对联云："子能承父职，臣必报君恩。"

郑唐巧改对联，得银四百两——《闽都别记》系列故事 №32

　　郑唐举手将此联板脱下，赶紧挟回。吴家人赶至，将郑唐作贼拿住。郑唐说："你家主人挂此不忠不孝之联，脱去报官定罪，快叫你家主人出来，同去见官！"

　　主人出，郑唐说："子跨父上，臣压君头，还不是不忠不孝也？此处言之无益，请学台衙门辨之，才得分晓！"

　　主人这才发现不对，吓得面无人色，因为这已经触犯到了当时的"律法"——文字狱。落个不忠不孝的罪名要吃官司的，如若不改，后果谁都承担不起！

《闽都别记》系列故事 №32 —— 郑唐巧改对联,得银四百两

主人赔了四百四十两银,求郑唐代改联句。郑唐说:"半字不须改,上下位置调换就可以了。"主人马上递笔,郑唐接笔将尾二字调至首二字,主人念:"君恩臣必报,父职子能承。"额手称赞说:"原句一字不改,上下位置调换,便全忠全孝了矣。先生真捷才啊!"

书还评论说:"郑唐得一千八百是常事,无甚饶幸。"可见郑唐才智过人,善施妙计靠聪明才智致富。

郑唐巧改对联，得银四百两——《闽都别记》系列故事 №32

在这一回书中还讲了一个故事，这次郑唐得了二十两酬金。

福州太守夫人死，却死不闭目，越搓眼睁越大。死者眼未闭，一般只需轻揉眼皮，即能闭上。这令太守感到十分惊异，于是请来道士、和尚拜佛念经。但他夫人的眼睛就是不肯闭，太守不敢入棺。

《闽都别记》系列故事 №32 —— 郑唐巧改对联,得银四百两

郑唐知道了此事。从水部门外来到鼓楼,告诉太守说,他知道夫人死不瞑目的原因,他有办法叫她闭上眼睛。太守带郑唐入祝夫人。郑唐写四句而祝之,大声念:

夫人一貌玉无瑕,
四十年来鬓未华,
何事临终含眼泪?
恐教儿子着芦花。

郑唐巧改对联,得银四百两——《闽都别记》系列故事 №32

"闵子着芦花",是古代二十四孝故事之一。闵子骞是孔子的著名弟子之一,幼年即以贤德闻名乡里。小时候,闵子骞受后母虐待,冬天穿的棉衣以芦花为絮,而其后母生的弟弟穿的棉衣则是厚棉絮。郑唐用这个典故是暗指:夫人才四十岁,二子尚幼,她担心太守以后再娶,她的儿子会受虐待!

郑唐祝完此四句,夫人两目遂闭上。太守便号啕大哭说:"却原来为此死不瞑目,我岂忘恩再娶而凌子耶!"太守发誓终生不娶,并以白金二十两酬谢郑唐。

郑唐祝此四句警太守,以安亡人之心,两目始瞑矣。连死人的内心活动郑唐都猜得出,二十两银子是郑唐凭聪明所得。

《闽都别记》系列故事 №33

郑唐吟诗作对戏弄恶人权贵

明朝时，居住在福州朱紫坊的诗人郑唐，民间故事这么记载他：郑唐县试中了秀才后，乡试就没了名，原因是他考试时很快把考卷写完，然后在卷末写诗画图，主考官看了十分生气，于是被除名。从此他无意功名。但他才智过人，善于运用巧计惩处凶顽，打抱不平，一旦听说哪个贪官或地痞欺压老百姓就会挺身而出，巧施妙计惩治恶人。郑唐类似的故事在民间有许多版本，并且流传很广。

郑唐吟诗作对戏弄恶人权贵——《闽都别记》系列故事 №33

民间记载了一个故事：郑唐智斗王太监。话说这日王太监生日，他命人在安泰桥旁搭起大戏台，把通往朱紫坊的路口给堵住了。巷内人们进出都要从戏台下面钻过去。

老百姓敢怒不敢言，郑唐却挺身而出，上前找王太监论理。王太监强辞夺理，最后说："要想拆戏台，必须对对子，对得通就拆，对不通，秀才也得钻戏台。"郑唐说："好，让我回家换一换衣服再跟你对对子。"

《闽都别记》系列故事 №33 ——— 郑唐吟诗作对戏弄恶人权贵

郑唐换好衣服,从巷内走了出来。大伙一看,不禁哈哈大笑。原来郑唐把冬天的大皮袄翻面穿在身上,手里拿着一把大纸扇,摇摇摆摆地走来了。王太监坐在台上也看傻了眼,卟哧一笑,出了一个对子让郑唐去对。

对子上联:"穿冬衣执夏扇不知春秋。"王太监想用"冬夏春秋"四个字难倒郑唐。郑唐文思敏捷,随口对了下联:"朝北阙镇南邦没有东西。"郑唐借此辛辣地讽刺了太监虽然坐镇南邦,作威作福,不可一世,然而却仍旧是个"没有东西"的皇帝奴才,有什么值得夸耀?王太监听毕对句内容,目瞪口呆羞惭无地,只得命人拆了戏台,围观的老百姓拍手称快。

郑唐吟诗作对戏弄恶人权贵——《闽都别记》系列故事 №33

郑唐的故事很多。《闽都别记》第二八三回"正德微行鳌山拆卸,郑唐诙谐官豪贿徇",还记载郑唐巧用诗文戏弄恶人权贵的故事。

苦苦天来苦苦天,
先皇崩驾未周年。
三山草木皆垂泪,
太守西湖看斗船。

爱玩弄刁人的郑唐用这不起眼的四句白字诗与滑稽刻薄的表演,"不但太守吓,太监吓之犹甚也"。郑唐未半日得此盈千横财。

《闽都别记》系列故事 №33 —— 郑唐吟诗作对戏弄恶人权贵

话说有一年端午节,福州秦太守在西湖结彩船,请来省视事的太监看龙舟竞渡。太监看了竞渡,上荷亭饮酒。这时,郑唐"浑身着素,手拿孝杖,跪在荷亭前哭"。手下人斥逐,他也不肯离去,人们都以为是个疯子。太守很生气,令押他来问。郑唐嘴里只说"苦",再问,还是这样说。太守以真癫,令将锁镣,交与有司衙门究治。

郑唐吟诗作对戏弄恶人权贵——《闽都别记》系列故事 №33

到了衙门,上了刑具郑唐才大喊:"我不是疯子,我是来诉冤案的!"太守叫他呈上供状,他说路上丢掉了,今只用口来诉怨情。

太守说:"那你说吧。"郑唐诉了一个字"苦",书吏就在纸上写一个"苦"字;再说还是"苦"字,书吏又写上一个"苦"字;接着郑唐又诉了一个字"天",书吏写上一个"天"字;郑唐再诉一个字"来",书吏又写一个"来"字。太守见状大骂:"你一个字一个字讲,岂不是戏弄本官?"叫人掌他嘴巴,郑唐忙说:"慢打,我就一并说了吧。"郑唐一口气将四句二十八字不停念出,像是布袋倒橄榄,写口供的书吏一字也没写上。太守又骂:"先前一字一字念,叫人无会今又一气念,令人听不明的,还不是戏弄本官,不掌嘴巴还得了!"郑唐辩道,慢又怪,快又嫌,那就不快不慢吧,还不行再掌嘴不迟。于是念四句白字诗:"苦苦天来苦苦天,先皇崩驾未周年;三山草木皆垂泪,太守西湖看斗船。"

此时郑唐乃从容念之,字眼分明。太守闻之吓甚,忙问:"你是何等人?"答曰:"邑庠生郑唐。"太守闻是郑唐秀才,更吓甚。

却原来明弘治皇帝上年五月末驾崩,至今端午,尚未周年,满朝还处在国丧气氛之中。郑唐回答后身朝外面伏地而哭着说:"我的太上皇啊!"连声不绝。太守跟太监二人都面无人色,快速退入内房,叫人解了郑唐锁铐。这时郑唐怎么肯脱掉刑具呢?他大声地嚷嚷:"有随便抓的,哪有随便放的?可以一起到京城,面奏皇上后再脱。"

郑唐吟诗作对戏弄恶人权贵——《闽都别记》系列故事 №33

太守请太监来看龙舟竞渡被郑唐拿着,不肯解刑具,要同到朝堂面圣。那时正是刘瑾当道,外官有事犯之无救。不但太守吓破了胆,太监吓得更厉害。于是他们只得出重金买息事,叫家人与郑唐说,从一百金说到一千金才作罢。郑唐不到半天就发了千金横财。他智斗贪官恶人的故事也流传至今!

《闽都别记》系列故事 №34 郑唐——古代福州的阿凡提

我们知道阿凡提是个聪明、机智、幽默的智者,他嘲笑了富人们的愚昧、无知,讽刺了统治者的荒唐、残暴。因此,几百年来,阿凡提的笑话和故事,一直在民间流传,深得各族人民的喜爱。落魄秀才郑唐,正是这样一个阿凡提式的滑稽人物,他的故事不仅广泛地流传于福州方言地区,还被华侨传播到东南亚各国。以下两个故事出于《闽都别记》第二九〇回与第二九一回。

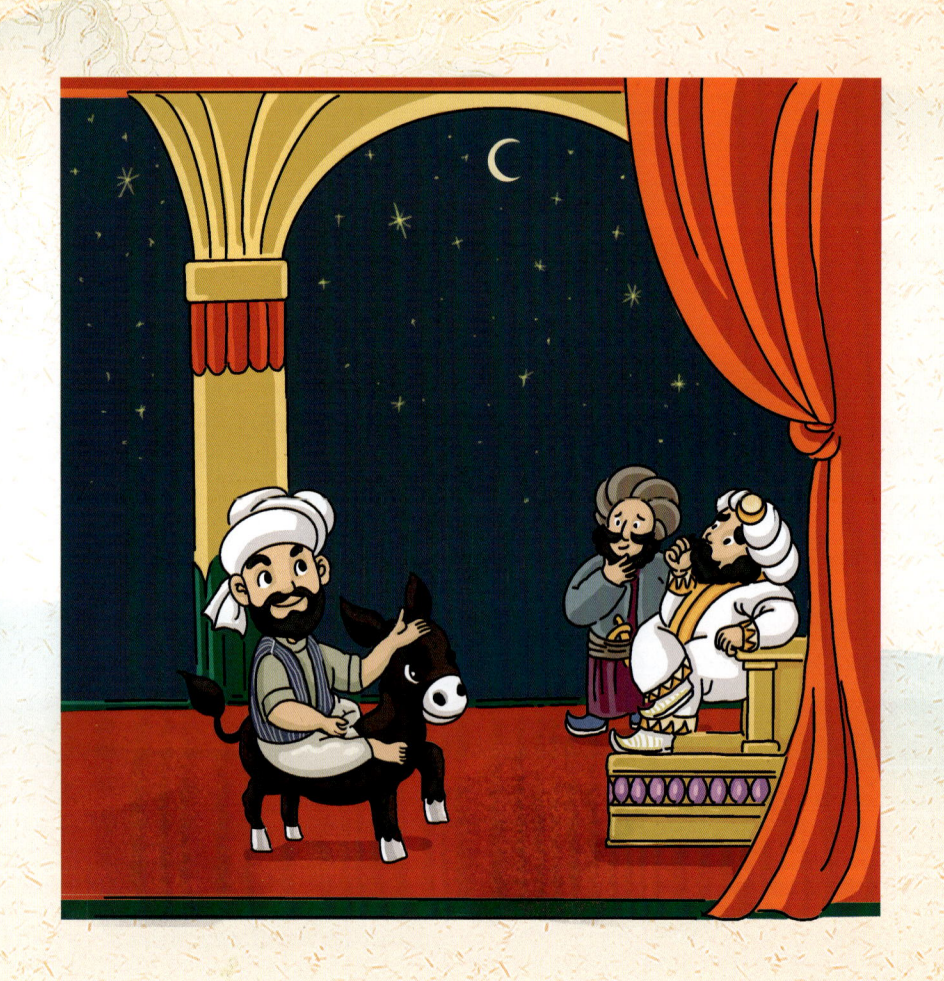

郑唐——古代福州的阿凡提——《闽都别记》系列故事 №34

第一故事：他叫恶人吃大便。

有一班役叫汪得，他为人不善，郑唐就设计捉弄他。一天，他就叫儿子送饭时，存带梅糕来，半夜倾于公案桌上，其色与人屎无异。他又在桌脚上贴一纸条，上书："郑唐放之。"意思是郑唐拉的大便！

《闽都别记》系列故事 №34 —— 郑唐——古代福州的阿凡提

第二天,有人发现公案桌上有一堆大便,堂官非常生气说:"谁拉的大便,叫谁吃掉!"汪得只见公案桌脚贴有字,拆看喊曰:"此屙屎系郑唐所屙。"郑唐反问:"怎么知道是我拉的?"汪得说:"桌脚现贴有字,写是汝放的。"

郑唐说:"这字条是谁贴的?既然都知道了,为什么不当面说出来?贴的字条难道能当作证据?"汪得狡辩说:"一定有人看见你在桌子上拉大便,不好当面说穿了,只好留下字条,以免连累别人!"于是堂官下令说:"这样说来就是郑唐拉的大便,没话可说也要吃下去,以此来告诫众人。"

郑唐——古代福州的阿凡提——《闽都别记》系列故事 №34

郑唐曰："既贴字作据,即不是我放亦要遵令。"意思说:既然贴的字条可以作为证据,即使不是我拉的大便,我也要遵令吃下去!于是他捧着吃下去,还笑着说:"没吃之前还非常怕,但吃的时候觉得味道清甜无比!"大家捏着鼻子,肚子都笑痛了!认为郑唐平常都是捉弄别人,今天也有自己吃大便的时候!

《闽都别记》系列故事 №34 —— 郑唐——古代福州的阿凡提

至次日天明,又有一堆屎在案桌上。堂官看见,又叫郑唐照样吃下去。郑唐说:"且慢,那桌脚也贴有字条,把它扯下来看看就知道是谁拉的大便!"

郑唐——古代福州的阿凡提——《闽都别记》系列故事 №34

堂官拆看，上面写的是"此屎汪得屙的"。堂官说："快叫汪得来吃。"汪得就辩解说："这大便不是我拉的，是他人与本人有意见，故意来写贴的字条。"

堂官非常生气,说:"昨天的字条'此屎郑唐屙的',也是他人和郑先生有意见吗?因为郑先生不承认,你又曾说,人看见不敢说,只有写纸条来证明,以免连累他人。郑先生被你这样说,就愿意吃下去了,你今天如果不吃,怎能说服郑先生呢?若不食,取鞭打之,看你食不食?"

郑唐——古代福州的阿凡提——《闽都别记》系列故事 №34

汪得不得已也吃下去。之前郑唐吃的是梅糕,一会儿就吃完,还说清甜无比;而今汪得吃的是真屎,就像吃黄连,愁眉苦脸吞不下去,半天吃不完。大家笑着说:"凡事要让郑先生,轰轰烈烈,就屎亦食得爽快。"郑唐则说:"任何的事情碰到我,知道其中技巧的,能把屎变成糖,不知道的就真的吃屎了。"

汪得只吃了一半,就浑身发抖,呕吐了。堂官见此情形,就说算了,不要再吃了。汪得因此得病告假回家。

郑唐得意洋洋地说:"何方小子敢与郑先生作怪也!"的确,郑唐自己食梅糕好不畅意而自得,而他人食真屎,怎不冲脾而生大病也。

郑唐——古代福州的阿凡提——《闽都别记》系列故事 №34

第二故事：巧施十个计谋，逼阉臣步步就范。

郑唐得一独门奇异之药，只一点沾肤，便发出泡疮，而且惟他有解药，一敷立愈。

这时他被无端革退秀才（生员），充为书吏，在衙门大堂服役，他想讨回公道，恢复自己秀才身份。于是找能主宰此事的太监下手。郑唐就利用演《陈琳救主》戏的机会，借出太监衣帽。演出后他在帽边衣领撒上这种药，第二天太监穿戴上袍帽，头额一环及肩项间便发出白泡异疮，请来的外科医生说："此疮名入地穿穴蛇，所有医生都治不好，只有请朱紫坊的儒医郑唐才能治！"医生们不敢下药。于是又请城外的大夫，大家异口同声都推荐郑唐。

《闽都别记》系列故事 №34 —— 郑唐——古代福州的阿凡提

太监听说就是那个好诙谐刻薄,被革去秀才,现充为本府书吏之郑唐,很恨他,不想找他治,无奈疮痛十数日,头戴不得帽,肩着不得衣。不得不叫人找到郑唐。郑唐说这疮很严重,叫"入地穿穴蛇",还胡诌威胁说:"这疮自头面发起,一直延至下身体,至脚底了,转旋入前后窍,透五脏无治矣!"

郑唐——古代福州的阿凡提——《闽都别记》系列故事 №34

不过，郑唐仍然给他以一线希望，又说："今只头面肩背，尚未延蔓，治之极易。药一敷上，眼见肿消而愈，只是无药与公爷效劳。"太监说："既能治，怎么会没有药呢？"这时郑唐又编了一个故事，说，他以前遇到宿猿洞里的丹霞大圣，就拜他为师，时常来往，就得到了治这种病的仙丹。现在隔了六七年没去，不知道丹霞大圣在不在，肯不肯给。

《闽都别记》系列故事 №34 —— 郑唐 —— 古代福州的阿凡提

郑唐当然知道太监一定会要他走一遭,又出一个难题让太监上当。说,以前与丹霞大圣认识的时候,自己乃穿着生员儒服,今穿着书吏服色,衣冠更异,必不相认也。为了能取得药,太监没办法,只好借一套生员衣巾给他,还极不情愿地答应说,如果郑唐能治好病,就还他生员的身份。

郑唐——古代福州的阿凡提——《闽都别记》系列故事 №34

　　郑唐穿了后就得意洋洋地走了。去了很久,才回来说,幸亏丹霞还在,不过丹霞开价很高,要四粒金桃,每粒十两黄金制成的!太监一点办法都没有,只好认了,说:"药治能愈,就把金桃谢之。"

《闽都别记》系列故事 №34 —— 郑唐——古代福州的阿凡提

郑唐取出解药,给太监敷上,药到病除,三日后全然消退如故。太监如约付了四粒金桃,并恢复郑唐秀才身份。不仅如此,太监还同意其子补其书吏的缺,可以挂号工食以养家。一切安排就绪,郑唐取太监原来的袍帽,将余毒气尽除,大功告成后他就拜谢而去了。

郑唐暗施毒药,致太监生疮,借丹霞之名色,失一得二,得金四十两,折银七百余两,真有不尽之神出鬼没矣!

郑唐——古代福州的阿凡提——《闽都别记》系列故事 №34

《闽都别记》对这个故事最后作如下总结:

郑唐所设诡诈有十计:演剧,一计也;遂演《陈琳救主》,二计也;偷借出衣服,取手帕明拭汗气,暗施毒药,三计也;唤去医疮,捏说向宿猿洞丹霞大圣取药,四计也;换生员衣服去取,五计也;太监面前自称生员,六计也;诈言要谢金桃,七计也;疮已医愈,故意脱还儒衣巾,八计也;既复青衿,又图子顶父缺,复得工食钱供家,九计也;临去,要取出太监原袍帽尽除毒气,十计也。

正是:诡谋十计侵阉官,刻薄千年说郑唐。

《闽都别记》系列故事 №35

"苍蝇一包也能卖二个铜钱"

"刻薄"在普通话里解释待人、说话冷酷不宽容,在福州话里还形容人不厚道,很"左道",就是爱搞一些歪门邪道的事情。《闽都别记》第二八九回"里凤见银空各离散,郑唐既囊罄仍诙谐"里,好几次说郑唐是"刻薄仔",写了好几个郑唐喜欢搞一些恶作剧的故事,"苍蝇一包也能卖二个铜钱,并且买家还会哈哈笑"的故事就在其中!

"苍蝇一包也能卖二个铜钱"——《闽都别记》系列故事 №35

　　有一年端阳节,郑唐没钱购物过节,厨中一物俱无。于是郑唐到街上逛逛,想想搞钱办法,看见有一挑担理发的(剃头担),就叫他理发并修饰面容,福州话叫"剃面"。这些搞好以后,郑唐竟叫剃头的把自己的眉毛刮掉!剃头的问故,答曰:"叫你剃,问之则甚?"剃头的遂将郑唐左眉剃去。

《闽都别记》系列故事 No35 ——"苍蝇一包也能卖二个铜钱"

这时,郑唐以手一摸,就骂起来:"你怎么把我的眉毛剃去呢?"剃头回答说:"是你叫我剃的,我才敢剃啊。"郑唐说:"我叫汝剃耳毛,何曾叫你剃眉毛哩?无眉毛怎的见人,且同去见官,问残毁人五官,应得何罪?"就要把他抓住,扭送见官。(民间是这样流传这个情节的。郑唐说:"眉毛剃。"剃头的就把眉毛剃掉了。最后郑唐狡辩说,他是说"眉,毛剃",意思说眉毛不要剃掉。因为"毛"福州话相当于"不要"。)

"苍蝇一包也能卖二个铜钱"——《闽都别记》系列故事 №35

附近的人看到这情景,都为郑唐辩解,对剃头的说:"郑相公又不发疯,为什么要剃掉眉毛?肯定是你听错了,把耳毛听成眉毛,假如送到官,必定枷责。现在,我们来调解。古人说:'损人一颗牙齿,得罚十担米;毁人一边眉毛,要赔十匹羊毛织的布料。'十匹布料你罚不起,我们作主了,你赔一两银好了。你如果没现银,留下剃头担子和你身上的衣服,暂时押在米店,当现银一两,先交给郑相公,再回家去取银元来米店里赎。"

于是,郑唐就顺水推舟,拿了一两银,心安理得地去集市买鸡、买鱼、买肉等,回家过节去了。回家后还向老婆吹牛:"今剃左边作端阳,留右边作仲秋。"郑唐癖性与人不同,他"宁可在外白混来当家",意思是在社会上招摇撞骗来维持家计。

《闽都别记》系列故事 №35 —— "苍蝇一包也能卖二个铜钱"

有一天,郑唐家没米下锅了。他抓了数百个活飞蝇,每纸包两头,各写"哈哈笑"三字,摆在门前卖。人问:"何为哈哈笑?"回答:"一包两个铜钱,买了不可重重捏,要回到家中才能解开看,自会哈哈笑。"

大家都认为郑唐所做的东西,一定是奇异的,于是就踊跃花钱购买。数百包一会儿就卖完了。人们买回家解看,内只有两个飞蝇飞了,无不哈哈而笑。

到了元宵节,郑唐家又冰锅冷灶。于是他在自家门前屋檐点几盏灯,架一长梯,自己站在下面打锣喊:"上面有奇异故事,欲上看者三个钱。"人们听说有奇异故事,就交三文钱爬上楼梯去看。

"苍蝇一包也能卖二个铜钱"——《闽都别记》系列故事 №35

只见屋顶瓦片上有一只纸糊乌龟,尾、脚、头都会活动。旁边写几个字:"一个姆龟碌碌乌,上来看者是伊夫;下去不言壳半脱,叫人来替壳全无。"意思是,一只黑黑的母龟,上来看的都是她丈夫,即雄乌龟,下去后不说的,其乌龟壳就脱了一半,叫人来看的,乌龟壳就全脱了!

这样一写,看的人下来后都不敢说。别人问奇怪不奇怪,都笑着回答:"非常奇怪,快上去看吧。"大家听说非常奇怪,就赶紧花钱上去看。因楼梯狭窄只能一人登上。看后下来的,都引诱他人上来看,因为按郑唐说法,有人来替,他的雄乌龟壳自然就全脱了。上当的人皆不明言,惟腹中暗笑郑唐设此刻薄故事,又骗人钱三四百矣。

《闽都别记》系列故事 №35 ——"苍蝇一包也能卖二个铜钱"

郑唐有一叔叔,眼睛有毛病,是斜视,看东西都要侧着脸。有一天,郑唐看见他来,就念一句:"雷惊池中鸭,鸡啄壁上虫。"因为鸭子听到雷声响,都歪着头,一边眼睛看着天。鸡看到墙壁上有虫子,也都歪着头,一只眼睛看着啄。郑唐以此来嘲谑叔叔。

"苍蝇一包也能卖二个铜钱"——《闽都别记》系列故事 No.35

他的叔叔知道是嘲讽自己,笑骂说:"好大胆,胞叔也来嘲谑。"郑唐回答说:"得罪,得罪,唐即须当行礼陪话。"就拜揖下,其叔亦即回礼还揖。郑唐又笑着说:"郑唐陪叔话,叔又观别人。"因为有斜视的人,凡身有动,脸必侧首视。因回礼,脸又斜侧,所以他又吟二句凑着嘲讽他。可见郑唐真的是非常诙谐,连自己亲叔叔也不放过。

一天,郑唐走进一巷内,巷口有数十个中年妇女,聚集踢球,皆认得郑唐,故拦住不让他走。郑唐笑问:"此娘子军要反上梁山么?"这些妇女回答:"不反上梁山,只在此要人买路钱。无钱吟诗一首,要一至十,不能思考,要一口气念下,如不能一气念下,不放你去。"郑唐连口即念:

一妹不如二妹娇,
三寸金莲四寸腰,
五六胭脂七钱粉,
妆成八九十分超。

(超:风骚俏丽,本字"骚"。)

"苍蝇一包也能卖二个铜钱"——《闽都别记》系列故事 №35

看到郑唐想都没想,一气呵成,这些妇女便放他通过。一会儿,郑唐又回头来,她们就逼他再倒念一首,郑唐又连口念下:

十九皓月八分光,
照见七妹共六郎。
五更四处鸡三叫,
二人恩爱在一床。

原来这些妇女中有一名七妹,其婿名六郎,人家尚未过门,郑唐居然说他们共睡一床。众女笑骂曰:"郑秀才果刻薄,别个不嘲,单嘲七妹,今偏不与他过。"郑唐因众女拦阻,手入围肚抓一把钱洒出去,这些妇女忙着拾钱,郑唐就走脱了。

《闽都别记》系列故事 №35 ——"苍蝇一包也能卖二个铜钱"

有一天,有乡老画了一幅自己满脸喜容的画像,请郑唐题赞,郑唐就题了:"精神耿耿,老貌堂堂;乌纱白发,龟鹤延年。"老人非常喜欢,请郑唐喝酒吃饭,并给他一笔酬金。后被人横着读,发现竟是"精老乌龟"也,老人愤怒地把画毁了!

郑唐为人绝顶聪明,但就因为滑稽刻薄,所以一直没有功名。《闽都别记》第二八三回记载了这件事。说郑唐从小入学学习,才学饱甚,惟滑稽无比。

"苍蝇一包也能卖二个铜钱"——《闽都别记》系列故事 No.35

一天,郑唐在路上遇一位道人,手拿两节竹管,但两管相连没有痕迹,他就觉得很奇怪,怀疑此人是吕洞宾下凡。两竹管相连不就是"吕"字吗?于是他问:"吕先生缘何卖姓不卖名?"其道人仍行不答。郑唐便骂道:"千年不死龟!"道人便答说:"万载不标名。"郑唐将再骂之,而道人一下子就不见。原来那人真是吕洞宾,以双管为吕字,试试人知不知道。郑唐既然知道了,如果拜求他,这样不成为全仙也成半仙,但因为捉弄他,骂他,结果终身"名不标榜"。这是郑唐太聪明所致也。此后,郑唐乡试屡科不第,赴北场亦不第。

沉东京浮福建

"沉东京浮福建"这说法有许多版本。有人认为,"沉东京浮福建"指的是地质变迁,现在的福建,原来大部分位于海面以下,东面的台湾海峡中曾有一块名叫"东京"的陆地,后因海侵和地壳运动,东京沉到了海底,而福建却露出海面,并不断抬升,成为今天的样子。

有人认为,"沉东京浮福建"指的是东京、福建两地社会地位的升降变化。傅金星在《福建地名》1981年第1期中撰文认为,南宋时期,随着国家经济政治中心南移,原宋朝都城东京开封的地位下降,相反原为蛮夷之地的福建却得到开发。

沉东京浮福建——《闽都别记》系列故事 №36

还有人认为,这来自一则传说。历史上的"东山地方志"记载了当地的一个民间传说,南宋末年,小皇帝赵昺在陆秀夫、张世杰等的扶助下,南逃到广东南澳,同时也准备在福建的东山岛东南方的一个小岛上建造"东京"(宋代皇帝的行宫),一时间小岛上人来人往,热闹非凡。不料发生地震,小岛沉入海中。这就是所谓的"沉东京"。

而《闽都别记》第二十九回"刘尚杰检契听书,众乡邻代地添骨"和第三十回"买保地符尚杰重遭哄骗,上天曹银百均暗里挽回"说的版本更加的有趣。

有一连江人,叫刘福海,自行载货通番,发家至数十万家财。晚年生一子,知足,不复漂洋,尽置田产,一眼望之不尽,坐享数年病死。

其子尚杰,生来稳重,只恐不能守成,口中常念:"造城容易守城难,创业容易守业难。"他十分吝啬,凡亲友人来,不过招待一顿饭而已。如果是来借贷的,一顿饭都不给吃。乡中亲友家有红白喜事时,应送的惯例礼金,还有为邻里公益事务出的份子钱,他都不肯出。大家都说他把钱看得像命一样重要。因为他对乡人过于悭吝,大家很不满,这就为后来众人合伙欺骗他埋下了伏笔。

沉东京浮福建——《闽都别记》系列故事 №36

一天,他听"沉东京浮福建"评书,其中一诗云:"龙王一怒鬼神惊,沉却东京浮八闽。待至五百余年后,仍沉福建浮东京。"

说书人讲,因事出晋朝,至此已过五百年,福建今年不沉,明年必沉。听书的众人附说:"趁早把田卖了,买美味吃,好去见海龙王。"

尚杰闻书中所讲,又闻众人议论,吓得魂不附体,不能爬起。人都散去了,方跟跄回家,日夜忧得饭不入口,睡不合眼。闻路上略有响动,便惊喊道:"沉了,沉了!"随哭曰:"我的田园呀!"一面哭,一面跑出望之。一日都有三四次喊哭,夜间亦是如此。

乡邻们知道后,就聚在一切商议道:"刘尚杰那日在田基听书,说'沉东京 浮福建',以为实事。再加人众议论走避,信以为真,现在忧愁欲死。他既然这样吝啬,又不近人情,我们率性去骗他,得来的银子一起来分赃。"

于是，大家就危言耸听地对他说："昨闻自漳州起，已沉至泉州，将及兴化、福清。"同时还骗他说，可用高大的杉木为木桩，密密地打在沿海的海边作为"地骨"，地有骨了，就坚固紧实，可保证不至崩沉。各家之田园，亦来环打密桩，内外皆筋骨，可保万古无失。因为他地多，加上工钱需要三千余银子。

尚杰听了便兑银请乡人办理。他的母亲和老婆看到历年所结攒下来的银两，被恶邻谗言哄骗，心里十分痛惜，前往拦阻说，切不可被人所骗。尚杰不但不听，即抓银锭掷中妻额，血流不止。婆媳二人不复争论，任其所为。银共搬三千交诸乡邻，命人挑去。

《闽都别记》系列故事 №36 —— 沉东京浮福建

众乡邻设局骗尚杰三千银,只买数十条桶把柴,尚杰并无疑异,犹称谢不已。大家就将尚杰这行为,用福州一句俗语来比喻:"棕蓑拔一条叽叽叫,全领提去无声。"这句话是说,在他的棕蓑上拔一根毛就叽叽叫,整件被人提去一声不吭;意为只知斤斤计较,大损失却浑然不觉。

后来他的亲戚也来骗他,说海边已沉,要请龙虎山天师的保地符,可保不沉,约银五千。尚杰一面搬银出来,一面吩咐办酒食款待诸亲。银装便,正要扛抬出门,忽然来一人,这人背一包袱,浑身大汗,进门便喊:"银目慢去,还有话说。"

俞百均

来人就是后来揭露整个骗局，挽回损失的故事主角——尚杰的母舅俞百均。他知道乡人所作所为，故意合谋说要一万两银，日后平分。但有一条件：只是银不可即分，且存留外墙空房，俟一月半月再分可也。

百均还对尚杰说，他知道地将沉，到江西求天师挽回，保全吾甥之田土勿沉。天师说要快运银一万来，转呈上天曹，并把画了符的板带回，悬挂门首，可永保不沉。尚杰信以为真，就在各乡亲商行店铺挪借一万，赶送给天师转进天曹。

《闽都别记》系列故事 №36 —— 沉东京浮福建

百均随即在包袱内取出一木牌,大七寸、长尺余,上敕一道朱砂符,写"山海镇"三字,即令人悬挂门楣间。还传达天师的吩咐:教他日日以枇杷叶作扇扇,夜以枇杷叶作席睡,口渴以枇杷叶煎汤喝,田间亦以枇杷叶布种。这样做法目的是以作标记,至地沉时,诸天将都在云头指挥,独不沉布插枇杷叶之家田土。

沉东京浮福建——《闽都别记》系列故事 №36

尚杰即付银一万。自此尚杰以枇杷叶食睡皆然,再插田间,各处枇杷树皆无叶矣。俞百均还是把银存留外墙空房,并派人看守。还偷偷在书房壁上写:"杞人忧天忘寝食,尚杰愁地倾家财。"起先尚杰心犹未定,但三日外渐渐开窍。以前食不知味,睡不安枕。现在食了便睡,睡起便食,不再疯癫吵闹。

《闽都别记》系列故事 №36 —— 沉东京浮福建

一天,尚杰看到壁上写"杞人忧天忘寝食,尚杰愁地倾家财"等字,惊喊曰:"我刘尚杰怎的霎时间似杞人也?"跑入内室搬开银柜看,空无一物,一望见底。问他的母、妻:"银哪里去了?"母泣曰:"都是汝自搬给乡邻三千,搬给亲戚五千,搬给汝舅一万。家中只有这多银,俱已搬空也。"

尚杰闻母之说,坐着静思一会,前面的事都记起来了,就把枇杷叶都扯碎,符牌捅下来毁去。看到银柜已空,只是呼天抢地,满地打滚地哭。

这时，百均就告诉尚杰，银一万未分犹在，尚杰遂不哭，同母妻随舅出看。至墙外边房，百均开锁推门进看，后装之桶银放在门口。尚杰忙揭起草盖，果原银都在。又将照锭点数，并无短少。哭遂转笑。

于是百均将这件事的来龙去脉说清楚："我在罗源突然听说外甥因为很吝啬，被人哄骗说地要沉没，忧心重重以至于心智紊乱。先被邻居骗去三千两银子。又被亲戚设局骗五千两。正面规劝不听，却把哄骗信以为真。我想如果我也正面相劝肯定不行。不如以骗就骗，把所有家里的钱财设局骗出，然后寄顿别处，以免被外人惦记。等心智紊乱治好后，再返回来。"

他还说："枇杷叶名无忧扇,作扇扇之,忘忧去虑,煎汤食之,清心顺气,惟此单方可治心混之病。但如果我就这样正面地说,尚杰肯定不相信。于是我就自己画符牌赶来。幸好亲戚所骗的五千两银子还未出门。所以我就哄亲戚再多骗一点,以后才能分到更多。唯一条件就是银子现在不能马上分,存留后房等一月后来分。

"我希望这个枇杷叶可以治心智紊乱,吃过两剂药就好了。存一个月,尚杰的病好了,就知道后悔。这样把原物给他,不就完美了吗?此乃将诈就诈,愈病保财之策。还有前面被乡邻骗去的三千两银子,来日我代尚杰写诉状去告他们,叫他们乖乖地照数送还,少一厘都不行。"

沉东京浮福建——《闽都别记》系列故事 №36

这是一场众人策划的集体诈骗的阴谋，但由于尚杰的娘舅俞百均的机智、果断，终于没有得逞！尚杰及他母亲、媳妇听了整个过程，三人皆感其德，即向前跪拜谢之。尚杰说："舅舅有回天转地之功，此番恩德如天空一样广大无边。"

所以，这故事在民间还有一个说法："看见枇杷叶想娘舅目滓流。"

跋

邱登辉

有一个人名叫"拂如氏"。

拂如氏是谁？在《闽都别记》整部小说中，他神龙不见首尾，与书中所有的人物都没有任何交集与瓜葛。他行踪神秘，在第6回中突兀出现，在第124回中就像人间蒸发一样，消失得无影无踪，仅留下30首诗文。

有专家说，他就是《闽都别记》作者里人何求。因为在第7回中拂如氏有《九仙山》两首诗，起句作"吾宗伯仲九神仙，修炼斯山汉代年"，依此线索，似与作者何氏有关。但有的专家不同意，认为全书401回中，拂如氏才出现过12回，难推测他就是说书人。该书是"福州地区明清小说抄本大全"，囊括了清中期以前的说书人先后创作的脚本，而书作者把他编的话本收进书里了，他才现身。

我想，不管他是整书的作者，还是部分章节的说书人，此人重要的特点是，他总以第三者的身份，采取诗歌形式对讲述过的故事中的人与事进行延伸性的评论。例如在第9回中，书上描述王审知建罗城一事后，他对王审知作如下议论："定作开门节度府，不为闭户帝王都。"这引自明代《闽书》，意思是：王审知宁可当合法开明的地方官，也不做小国寡民的君主。表达他强烈的国家观念和全局意识。他还对王审知时代的政治、经济、文化等方面做了大胆的评论："王气虽湮佳气在，通津楼上晓烟舒""罗城百雉接云衢，拜剑贤侯启瑞图""千家灯火读书夜，万里桑麻商旅途"。

我非常赞赏拂如氏。我们出版这部书，讲述了四百年前古书的故事，并不仅仅因为猎奇好玩，更重要的是，从古老的故事中挖掘出深刻内涵与普世价值，服务于现代社会。当年我们编这本书的初心和本意是，用老少咸宜的现代漫画形式，宣传普及此浩繁卷帙闽都文化的经典著作。编写的同时，我们也注意到其神怪故事情节离奇，但很多章节的解注都可以服务于当今社会现实与社会主义主流价值观，即可做到"推陈出新，古为今用"。可以学习拂如氏"崇尚直率，大开大合"的文风，借古讽今，针砭时弊。例如，书中编写《闽都别记》第23回，说陈靖姑手下的侍神虎婆奶，原是一只性情凶猛、吃人的母老

虎。这母老虎被陈靖姑收服后,成为虎婆奶,专司保赤佑童之职。这里便产生了福州一句俗语:"虎婆奶手上无仔给人抱。"面对凶猛的母老虎,哪个妖怪敢从她手中抢抱走孩子呢?它的引申意是:如果自身很强悍,就不会被人占便宜。书中遂展开评论:当前世界进入新的动荡变革期,个别大国肆意妄为,任意欺凌小国弱国。因此只有我们自己强大起来,才能避免受到强权霸凌,维护国际和平与安全,维护我们国家的领土与主权。试想,我们一旦有虎婆奶的实力,虎威彪炳,谁敢轻举妄动,觊觎我们手中的"孩子"呢?

另一则故事讲"锅中煮的牛蹄突然变成了人脚",这情节令人有点毛骨悚然。我们为什么会择取《闽都别记》中类似这样闻所未闻的神怪故事,并非猎奇,都是为了说明正必压邪。白莲教一千多年来均被称为是"异端""左道""邪教"的总括,不被历代正统社会所接受。时至今日,白莲教早已荡然无存,但世上各种邪教依然存在,并非中国独有,像美国、日本等发达国家也曾深受邪教的毒害。可见邪教问题仍是一个世界性的难题。看看当今社会街头巷尾反邪教的宣传栏,这些反人类反科学的东西并没有完全退出历史舞台,尤需我们提高警惕!

《福州晚报》在"闽书新荐"的栏目里面,发表一篇书评《从当代的视角看〈闽都别记〉经典章节》。指出《画说〈闽都别记〉》一书与其他研究《闽都别记》的书籍相比,有着三个鲜明的特色。其中第三点,就是"独有的评论也让读者可以鉴古知今。该书在篇末配以简短的评论,推陈出新地融入时代热点,将流传数百年的民间故事寓以时代新意和社会主义核心价值观"。

"必事昭而理辨,气盛而辞断"。我们力求把事理写得清楚明白,让文章气势旺盛,予人以清新耳目,而传承文辞果断的拂如氏的笔法,后生似也学习到了。

2024.3.29

(作者系闽江师专客座教授、福州市民俗文化研究所顾问)